JOHN BINGHAM

Fünf Kurven in den Himmel

Wer Goldmann Kriminalromane liest,
zeigt, daß er auf Niveau achtet.

JOHN BINGHAM

Fünf Kurven in den Himmel

FIVE ROUNDABOUTS TO HEAVEN

Kriminalroman

WILHELM GOLDMANN VERLAG MÜNCHEN

KRIMI VERLAG AG WOLLERAU/SCHWEIZ

Die Hauptpersonen des Romans sind:

Peter Harding	Hotelbesitzer
Philip Bartels	Weinvertreter
Beatrice Bartels	seine Frau
Lorna Dickson	eine junge Witwe
John O'Brien	Rechtsanwalt
Inspektor Macdonald	Kriminalbeamter

Der Roman spielt in London, Umgebung und auf einem Schloß bei Orléans.

Made in Germany · I · 1112

Umschlagfoto: Bildarchiv Marion Schweitzer. Gesetzt aus der Linotype-Garamond-Antiqua. Druck: Presse-Druck Augsburg. K 954/KRIMI 4403 · ze/Str
Taschenbuchausgabe ISBN 3-442-04403-0
Gebundene Ausgabe ISBN 3-442-25954-1

I

Ich hatte mich den ganzen Tag auf den Besuch gefreut. Genau gesagt, freute ich mich schon darauf, seit wir uns entschlossen hatten, nach Südfrankreich zu fahren und ich die Reiseroute so festgelegt hatte, daß wir dabei durch Orléans kamen. Ein Besuch, den ich seit langem vorhatte: eine Art Pilgerfahrt zurück in die von rosigen Wolken verschleierte Glückseligkeit der Jugend.

Neunzehn Jahre sind eine lange Zeit. Man hat vieles vergessen und neigt dazu, sich nur noch an die glücklichen Ereignisse zu erinnern. Das Wetter scheint damals immer nur warm und heiter gewesen zu sein, die Tage erfüllt von Liebe und Fröhlichkeit, die Nächte pulsierend vom Schlag der Nachtigallen in den Wäldern, und, wie in meinem Fall, vom Quaken unzähliger verliebter Frösche in den Sümpfen rings um das Schloß.

Wenn ich mich genauer konzentriere, erinnere ich mich natürlich auch daran, daß es mitunter kleine Verärgerungen und Reibereien gegeben hat, aber man kann wohl annehmen, daß diese nicht allzu lang andauerten. Wir alle waren viel zu jung, viel zu sehr von den Freuden des Lebens beherrscht; und vielleicht war auch schon die milde, warme Luft der waldreichen Sologne ein wirksames Therapeutikum gegen alle Bitterkeit des Lebens.

Selbst die Stiche jugendlicher Eifersucht gewinnen rückblickend einen unerwarteten Zauber, denn wenn es auf die mittleren Lebensjahre zugeht, erscheinen einem viele Gefühlsregungen, vor allem aber die Herzensangelegenheiten, weit weniger bedeutungsvoll, und die Ekstasen und Agonien früherer Jahre treten nur noch in stark abgemilderten Formen auf.

Man kennt alles schon von früher, vielleicht erlebt man es zum wiederholten Male: Da wären wir also mal wieder, sagt man sich. Und wenn man sich dann tatsächlich entschließt, dieses Stück noch einmal anzusehen, weiß man schon im voraus, wie alles kommen wird, freut sich auf die angenehmen, die liebenswerten Szenen und ist zugleich gewappnet gegen die Schmerzen und die bösen Stiche, die ebenso unvermeidlich dazugehören. Das sind die Nachteile und die Vorzüge, welche die Jahre so mit sich bringen.

Worin das Glück besteht, das ist eine Frage des Alters. Wir, die wir damals auf diesem Schloß lebten, um die französische Sprache zu erlernen, waren alle jung, stammten aus verschiedenen Ländern, und der Weg in die Zukunft schien uns klar und sicher vorgezeichnet zu sein. Er führte, wie wir glaubten, auf gerader Bahn zur Erfüllung all unserer vagen Hoffnungen.

Und uns plagten keine Zweifel. Wir lernten ein wenig, spielten Tennis, arbeiteten im Garten und badeten im See vor dem Schloß. Im Winter gingen wir auf die Jagd. Wir verliebten uns, was ich eigentlich gar nicht zu betonen brauche; für manche von uns war es die erste Liebe, und wir schworen ewige Treue mit all der Zuversicht unserer jungen Jahre.

Unsere Liebe war rein und idealistisch, romantisch und süß. Wenn ich heute zurückdenke, mit meiner von den Enttäuschungen und Korruptionen des Lebens befleckten Seele, dann kommt mir diese Liebe wunderbar und zugleich erstaunlich vor.

Ich wußte: Wenn ich nun zurückkam in ›unser‹ Schloß, wenn ich es von ferne stehen sah, mit seinen hellgrauen Mauern und den blauen Fensterläden, am Ende einer langen Pappelallee, dann würden mir alle die köstlichen Stunden jener vergangenen Tage erneut gegenwärtig – und es würde mir obendrein gelingen, mich an Philip Bartels zu erinnern – Philip Bartels, wie er damals war.

Denn trotz allem, was seither geschehen ist, trotz dem, was Macdonald vom Scotland Yard und ein paar andere über ihn gesagt haben, betrachte ich Bartels immer noch als meinen Freund und darüber hinaus als einen der liebenswürdigsten Menschen, die ich jemals kennengelernt habe. Vielleicht war ich der einzige, der wirklich verstehen konnte, was er fühlte, was er erlitten haben muß.

Ich freute mich also schon den ganzen Tag auf diesen Besuch, mit wachsender Rührung, die zunächst eine Reizung der Magennerven und schließlich einen allgemeinen Zustand nervöser Überspanntheit hervorrief.

Die meisten meiner Reisegefährten ahnten nichts von der Aufregung, welche mich ergriffen hatte; sie hielten meinen kleinen Abstecher für einen mehr oder weniger bedeutungslosen Besuch eines Ortes, an den sich viele Erinnerungen knüpften. Denen muß ich an diesem Tage besonders schweigsam und nachdenklich vorgekommen sein. Ja, sie fragten mich sogar, als ich mich mit Ausreden vor dem Lunch drückte, ob mir vielleicht nicht ganz wohl sei.

Später ließ ich sie allein durch Orléans bummeln, nahm den Wagen und fuhr durch das kleine Dorf Verlin hinaus aufs Land, wo die Straße von Weizenfeldern gesäumt war, knusprig goldbraunem Korn, und gesprenkelt mit Klatschmohn und Kornblumen.

Die Sonne hatte bereits die Baumwipfel am Horizont erreicht, als ich ein paar Meter vor der Pappelallee den Wagen am Straßenrand parkte und den Motor abschaltete.

Ein stiller Abend: Nichts rührte sich außer dem Quietschen eines Karrens auf einem der Bauernhöfe in der Umgebung und dem entfernten Bellen eines Hundes. Der Himmel war wolkenlos. Ich stieg aus dem Wagen, schloß die Tür und warf einen Blick auf die Straße. Kein Mensch weit und breit. Ich machte mich auf den Weg zum Beginn der Avenue, die zum Schloß führte, und meine Schritte klangen unheimlich laut auf dem Asphalt der Straße.

Einen Augenblick lang fragte ich mich, ob ich wirklich hier war, ob ich überhaupt noch lebte, doch dann war dieses Gefühl auch schon vorbei. Ich ging mit langsamen Schritten, ich wußte, daß ich der Erfüllung meiner Wünsche nahe war, und ich wollte jede Minute, jede Sekunde davon bis zum letzten auskosten.

Erst hatte ich die Absicht gehabt, über die breite Avenue zum Schloß zu wandern, doch im letzten Augenblick entschied ich mich dann doch anders. Die Familie lebte nicht mehr hier; ich hatte von einem der Brüder erfahren, daß dort jetzt die Angehörigen von zwei Offizieren der US-Luftwaffe wohnten, die in Orléans stationiert waren. Und wenn sie jetzt draußen auf der Terrasse saßen, würden sie mich von weither kommen sehen und sich fragen, was ich hier zu suchen hatte.

Zweifellos wäre ich gastfreundlich empfangen worden, wenn ich ihnen den Zweck meines Besuchs erklärt hätte, aber ich hatte nicht die Absicht, meine knappe und daher kostbare Zeit mit nutzlosen Konversationen zu verschwenden, ganz gleich, ob es sich dabei um amerikanische, englische oder französische Gesprächspartner handelte. Ich war mit den glücklichen Gespenstern der frühen dreißiger Jahre verabredet, nicht mit den sorgengeplagten Wesen aus Fleisch und Blut, den Menschen jener Nachkriegszeit.

Also wandte ich mich zur Seite in Richtung auf den Wald, der bis dicht an die Pappelallee heranreichte, und folgte einem schmalen Pfad, den ich von früher kannte, und der in vielen Kurven am Tennisplatz vorbei und an der Schmalseite des Schlosses entlang zur Rückfront führte, dort, wo das Gelände allmählich anstieg.

Ich kam an dem großen Kaninchenbau vorüber, wo wir einmal ein Frettchen verloren hatten, und warf einen Blick auf das Holzhaus, in dem der alte Georges Durois, der *garde de chasse*, mit seiner Frau Marie gewohnt hatte. Beide sind nun auch schon lange tot.

Dann, als ich dem Hauptgebäude schon ziemlich nahe war, sah ich auf der linken Seite des Pfades eine verwitterte Holzhütte und blieb stehen, denn ich erinnerte mich nicht, daß sie früher schon dagestanden hatte, obwohl sie sich, nach ihrem Aussehen zu urteilen, schon viele Jahre an Ort und Stelle befinden mußte. Die Hütte stand am Rand einer niedrigen Baumgruppe und war von Brombeergestrüpp und anderen Büschen umgeben. Es sah so aus, als ob sie seit langem nicht benützt worden sei.

Ich verließ den Pfad, um die Hütte näher in Augenschein zu nehmen, und stellte fest, daß sie leer war, leer und halb verfallen. Ich wandte mich ab, und dabei fiel mein Blick auf einen am Boden liegenden Pfosten mit Metallgriff. Als ich ihn näher betrachtete, entdeckte ich dicht daneben größere Stücke eines verrosteten Drahtnetzes, und wußte, daß ich das vor mir hatte, was von den Tennisplätzen übriggeblieben war.

Von all dem Gelächter und der jugendlichen Energie, welche dieses Stück Land gekannt hatte, war keine Spur geblieben: Nur ein paar allmählich in die Höhe schießende Bäume, ein Brombeergestrüpp und eine halbverfallene Hütte.

Mein Mund war ganz trocken; ich zündete meine Pfeife an. Ich mußte irgend etwas tun, einen Handgriff, der meine gespannte Überreiztheit mildern konnte.

Hinter mir, in den Bäumen, begannen zwei Eichelhäher zu schäkern, und über mir, in den Zweigen einer großen Eiche, raschelte ein Eichhörnchen – vermutlich ein Nachkomme der Eichhörnchen, die ich seinerzeit kennengelernt hatte, und die ich manchmal sogar abschoß, nicht gerade mit voller Begeisterung, sondern eher, um dem alten Georges Durois damit einen Gefallen zu tun. Ich trat zurück auf den Pfad und schaute einen Augenblick lang auf die nächste Kurve, die vor mir lag. Es würde nicht lange dauern, und Ingrid, meine geliebte Ingrid, würde um die Ecke kommen, in ihrem makellosen, gestärkten, weißen Tenniskleid, strahlend im Zauber ihrer achtzehn Jahre; und hinter ihr, mit schwerem, plumpem Seemannsgang, der gute, begriffsstutzige Dänenhans; dahinter in einer größeren Gruppe Mary, das lebhafte, dunkeläugige Amerikanermädchen, und Bob, der Sohn eines Wollhändlers aus Brackford, vielleicht auch Fred Hanis, der ehrgeizige Cockney, der bei einer Bank arbeitete, während der Ferien Französisch lernte und damit seine Berufsaussichten verbessern wollte. Und hinterdrein, immer zu spät, immer im Eilschritt, Rolf, der riesige Norweger, der so gebaut war, wie man sich einen echten Wikinger vorstellt.

Aber nicht Philip Bartels. Noch nicht.

Ich rechnete nicht damit, ihn jetzt schon zu erblicken, denn Bartels würde drüben am See sitzen, in seiner alten Flanellhose und einem Hemd mit offenem Kragen, eine Angelrute in der Hand, obwohl er nur selten Glück hatte beim Fischen.

Dann plötzlich wurde mir bewußt, daß ich mich irrte. Es war gegen sieben Uhr. Kein Wunder, daß sie nicht kamen. Jetzt würden sie oben im Schloß sein, würden sich zum Dinner umziehen oder auf der Terrasse sitzen, im weichen Licht der untergehenden Sonne, würden sie darauf achten, daß Madame sie hineinrief in den Speisesaal. Also ging ich langsam weiter, vielleicht ein wenig ruhiger als zuvor, kam um die Kurve, stand halbverborgen in einem Rhododendrongebüsch und starrte auf das Schloß.

Es lag ruhig und still da im verblassenden Licht der Abendsonne; seine Mauern strahlten die Wärme des Tages aus, die ich sogar noch jenseits des dekorativen Wassergrabens zu verspüren glaubte. Die kleine, hölzerne Zugbrücke, die auch ein einzelner ohne Mühe betätigen konnte, war heruntergelassen und verband die Terrasse und die Rückseite des Schlosses mit dem breiten Weg, der um den schilfgesäumten See herum zur Pappelallee führte.

Auf der gegenüberliegenden Seite des Hauptflügels erblickte ich die niedrige Hecke, welche den Gemüsegarten umgab. Hier konnte jeder, wenn er Lust dazu hatte, selbst etwas anbauen, und ich hatte mich für Radieschen entschlossen. Ich war damals sehr darauf bedacht, mich körperlich fit zu halten, stand spätestens um acht Uhr morgens auf und lief in Shorts mehrmals um den See herum, bis es mir genug erschien. Dann ging ich meist hinüber in den Gemüsegarten und zog ein paar von meinen Radieschen aus der Erde.

Ich wickelte sie in mein Taschentuch, schleuderte einen Kieselstein gegen Ingrids Fenster, und wenn sie den Kopf herausstreckte, noch schlaftrunken, warf ich ihr die Radieschen hinauf. Sie aß sie so gern zu ihrem *petit déjeuner*. Auch jetzt schaute ich hinauf zu ihrem Fenster, und dann auf die Tür darunter, die Tür, die herausführte von der Halle auf die Terrasse.

Aus meinem Briefwechsel mit der Familie wußte ich, daß Ingrid inzwischen verheiratet war und in Oslo lebte. Der aufgeschlossene, aber begriffsstutzige Hans dagegen hatte die Gestapo nicht ertragen können; jetzt war er tot. Was aus Freddie, dem Bankangestellten, geworden war, kann ich nicht sagen, aber Bob war in El Alamein gefallen. Und Mary, zweimal geschieden, desillusioniert und zutiefst gekränkt, lebte in Chicago.

Dennoch bevölkerte ich in Gedanken die Terrasse mit allen meinen liebenswürdigen Gespenstern. Ich stand im Schatten der Rhododendronbüsche und ließ sie alle auftreten, ließ sie hin und her schlendern und Konversation machen, hörte von meinem Versteck aus ihren Stimmen, ihrem Lachen zu.

Später, wenn ich genug davon hatte, würde ich sie hineinschikken ins Haus und würde hinübergehen zum beliebtesten Treffpunkt, den wir L'Étoile genannt hatten, weil dort mehrere Wege sternförmig aufeinandertrafen. Dort würde ich Ingrid begegnen, wie so oft in jenen Tagen, würde anschließend langsam mir ihr durch den Wald schlendern. Sie würde die Hände vor sich verschränken und mich still und nachdenklich anlächeln.

Wenn ich mich heute an diesen Besuch im Schloß erinnere, wenn ich daran denke, wie ich im Licht der sinkenden Sonne vor dem Haus stand, muß ich zugeben, daß das Ganze ja wohl doch eine recht rührselige Gefühlsduselei war. Ich hatte vermutlich etwas zu dick aufgetragen. Aber ich war gekommen, um mich süßen, schmerzhaften Erinnerungen hinzugeben, und ich war sorgsam darauf bedacht, mir auch nicht die leiseste Regung davon entgehen zu lassen.

Doch dann, ganz plötzlich, veränderte sich meine Stimmung, obwohl ich sofort dagegen ankämpfte, und als die Schatten länger wurden, war die süße, nostalgische Wehmut von mir gewichen, und nichts blieb übrig als eine tiefe Verbitterung.

Einige der Gestalten, die ich noch einmal auf der Terrasse zu sehen glaubte, waren verschwommen und undeutlich geworden – aber Philip Bartels konnte ich klar erkennen.

Ich sah ihn dort oben – ein schlanker, junger Mann von neunzehn Jahren, mit einem schmalen Gesicht, das von der Sommersonne gebräunt war. Kein hübscher Junge; im Gegenteil, er sah eigentlich ein bißchen komisch aus. Seine Züge waren ziemlich regelmäßig, die Nase gerade und edel, doch dazu trug er eine sonderbare Brille mit einer Fassung aus Perlmutt und einem Goldgestänge, und obwohl er meist recht ordentlich frisiert war, stand ihm stets eine widerspenstige Locke in die Höhe. Er hatte einen sehr breiten Mund; die Lippen dagegen waren schmal und blutarm. Mit dem senkrecht in die Höhe stehenden Haarbüschel und dem breiten Mund erinnerte er entfernt an eine Kreuzung aus Donald Duck und den Fröschen aus dem Schloßgraben, die er mit Begeisterung zu fangen pflegte.

Ich glaube, seine Anziehungskraft beruhte in erster Linie auf seiner Stimme, und daneben natürlich auf seinem freundlichen, verständnisvollen Wesen und seiner stillen Heiterkeit. Seine Stimme war tief und voll im Klang, und er sprach sehr langsam und überlegt.

Obwohl er mit Begeisterung angelte und gelegentlich sogar auf die Jagd ging, habe ich es erlebt, wie er mühsam eine ertrinkende Fliege aus einem Weinglas rettete und sie anschließend zum Trocknen auf den Fenstersims in die Sonne legte. Bei einer anderen Gelegenheit beobachtete ich, wie er sich mindestens fünf Minuten lang bemühte, einen Weberknecht durch das offene Fenster in die Freiheit zu manövrieren. Und einmal, es war im Herbst, als ein Schmetterling durch die offene Tür flatterte und im Kaminfeuer verbrannte, wandte sich Bartels ab und schlug sich mit entsetztem Aufschrei die Hände vors Gesicht. Kein Zweifel: Die Leiden und

Schmerzen einer jeglichen Kreatur erregten sein Mitgefühl, doch nicht der Tod. Der Tod hatte keine Schrecken für ihn.

»Was macht es schon aus, ob man ein paar Tage oder Jahre länger lebt, angesichts der Unendlichkeit der Zeit?« hatte er einmal gesagt. »Der Tod an sich ist völlig unbedeutend. Er kommt uns nur so wichtig vor, weil sich die meisten Menschen weigern, das Unvermeidliche anzuerkennen. Sie kämpfen dagegen an, anstatt den Tod als das zu akzeptieren, was er ist: ein ebenso normaler Vorgang wie die Geburt.«

Ich erinnere mich, daß ich am Terrassengeländer lehnte und hinunterschaute zu den Fröschen im Schloßgraben, während er das sagte. Es war vor dem Abendessen. Er wandte sich um, wollte hineingehen, doch dann fügte er noch hinzu: »Nicht darauf kommt es an, daß man stirbt – sondern wie man stirbt. Die Art des Sterbens ist das Entscheidende.«

Daher seine Rettungsaktion mit der Fliege im Weinglas und dem Weberknecht, daher sein Entsetzen, als er sah, wie der Schmetterling im Kamin verbrannte. Das war wohl auch der Grund, weshalb er es grundsätzlich vermied, zweifelhafte, ungezielte Schüsse auf das Wild abzufeuern. Er schoß nur dann, wenn er sicher war, seine Beute damit rasch und schmerzlos zu töten.

Das Töten selbst bereitete ihm keine Schwierigkeiten. Aber es mußte unter den richtigen Voraussetzungen geschehen. Mitleid und Grausamkeit lagen bei ihm dicht nebeneinander. In der Tat, eine seltsame Mischung.

Das also war der Philip Bartels aus jenen vergangenen Tagen.

Ich ging um das Schloß herum zu der Anhöhe seitlich der Auffahrt, die von der Straße her in sanften Kurven zur Vorderseite des Gebäudes führte. Ich kam zum L'Étoile, setzte mich auf einen verfallenen Baumstumpf und wartete, wartete wie so oft auf Ingrid, und hielt dabei den Haupteingang im Auge, durch den sie zu kommen pflegte, wenn wir uns hier draußen trafen.

Aber diesmal kam sie nicht.

Sie tauchte kein einzigesmal auf an diesem Abend. Statt ihrer war da immer wieder Bartels, Bartels, der die Vordertür aufstieß, heraustrat und auf mich zukam, die Flinte über die Schulter gehängt, einen Beutel mit Munition am Gürtel.

Ich sah ihn, wie er stehenblieb und zurückschaute zum Schloß;

er blickte hinauf zu einem der Fenster, ebenso, wie er zwanzig Jahre danach vor einem Fenster stehengeblieben war und hinaufgeblickt hatte.

Und ich erinnerte mich, daß es das Fenster von Beatrices Zimmer war, welches er beobachtete.

Ich erinnere mich deutlich an den Abend, als Beatrice Wilson hier im Schloß ankam. Ein heißer Juliabend – heiß und drückend. Diese feuchtheißen Abende sind der einzige Nachteil der ansonsten so angenehmen, klimatisch begünstigten Sologne. An jenem Abend türmten sich dicke Wolken am Horizont. Wolken, welche ein Gewitter ankündigten, das uns Kühle und Erleichterung versprach.

Trotz der Hitze hatten wir nachmittags Tennis gespielt, hatten uns danach zum Abendessen umgezogen, saßen nach dem Diner müßig auf der Terrasse und tranken Kaffee, als der Wagen der Familie, der Beatrice vom Bahnhof in Orléans abgeholt hatte, die Auffahrt heraufkam und beim Vordereingang anhielt. Wie immer, wenn ein Neuankömmling erwartet wurde, beherrschte uns eine nur mühsam gedämpfte Neugier.

Ich vernahm, wie Beatrice Wilson in der Halle hinter uns von Madame begrüßt wurde, hörte, wie sie hinaufging in ihr Zimmer, um sich nach der Reise frischzumachen. Dann kam sie wieder herunter, und Madame stellte uns vor.

Beatrice Wilson war ein bildhübsches Mädchen von achtzehn Jahren. Schlank, mit rotem Haar, und dem zarten, blassen Teint, der für Rothaarige typisch ist. Ihre Züge waren regelmäßig, ihre Augen schimmerten haselnußbraun. Aber am meisten beeindruckte mich ihre Selbstsicherheit. Sie mußte deutlich gespürt haben, daß sie von sieben oder acht jungen Leuten eindringlich gemustert wurde, mit all der kritischen Schärfe der Jugend; dennoch brachte sie das nicht im mindesten in Verlegenheit, und sie musterte ihrerseits seelenruhig die Gesellschaft, welche sie hier erwartete. Als man uns mit ihr bekannt machte, betrachtete sie jeden von uns mit nachdenklicher Miene, und als sie zu sprechen begann, merkten wir bald, daß sie sich mit Erfolg bemühte, aus ihrem Schulfranzösisch so viel wie möglich herauszuholen.

Ich kam zu der Überzeugung, daß Beatrice eine willkommene Bereicherung unserer Gesellschaft sein würde, und ich täuschte mich nicht. Zwei Wochen nach ihrem Eintreffen mußte ich abreisen, aber Philip Bartels blieb noch drei Monate länger auf dem Château. Damals, als ich mich von den Freuden trennen mußte, hatte ich längst festgestellt, daß Bartels sich nur noch selten in abgewetzten Hosen und schäbigen Jacken auf die Jagd oder zum Angeln begab. Statt dessen trug er untadelige, weiße Flanellhosen und gesellte sich meist nachmittags zu uns auf den Tennisplatz. Außerdem machte er häufig mit Beatrice kleine Spaziergänge, und beim Tee oder beim Kaffee nach dem Diner stand sein Stuhl wie zufällig immer in ihrer Nähe.

Ich war zur Auffrischung meiner Französischkenntnisse auf das Schloß gekommen, weil ich später ins Hotelfach gehen wollte; Bartels lernte Französisch, weil er in eine bekannte, renommierte Weinhandelsfirma eintreten sollte, und Beatrice war hierhergekommen, weil ihr Vater, ein Rechtsanwalt in Worthing, der Ansicht war, seine drei Kinder müßten diese Sprache bis zur Perfektion beherrschen.

In den Tagen vor meiner Abreise hatte ich manchmal das Gefühl, Bartels würde zuletzt von der kühlen und überlegenen Beatrice bitter enttäuscht werden, und ich war der Überzeugung, daß die beiden nicht zueinander paßten. Aber damit waren meine Vorahnungen auch schon erschöpft. Ich bin schließlich kein Hellseher – Gott sei Dank!

Und an jenem Sommerabend war ich also zurückgekommen in ›unser‹ Château, um mich der angenehmen Erlebnisse jener längst vergangenen Tage zu erinnern, doch statt dessen fühlte ich, wie ich mich mehr und mehr an die Ereignisse einer gar nicht so lang zurückliegenden Zeit erinnerte: jener kalten Nacht des 26. Februar, der Nacht der Leiden, der Angst und der Seelenqualen. Und genau das hatte ich vermeiden wollen. Ja, ich hatte diese Ferienreise in den Süden Frankreichs nicht zuletzt deshalb geplant, weil ich die Erinnerung an jenen düsteren Tag endgültig verwischen und auslöschen wollte.

Ich frage mich manchmal, ob Bartels an mich dachte, als er am Abend jenes 26. Februars mit dem Wagen nach London fuhr. Ich glaube, er hat es getan. Er mußte an mich denken, während er immer wieder auf die Uhr am Armaturenbrett blickte, während die Angst ihm nach und nach die Kehle zuschnürte.

Schließlich war ich verantwortlich für – ja, wofür eigentlich? Eigentlich wollte ich schreiben: für seinen Untergang, aber nach genauerer Überlegung kam ich darauf, daß ich ebensogut hätte schreiben können: für seine Erlösung. Es kommt nur darauf an, was man als die Erlösung des Menschen ansieht. Ich weiß es nicht sicher.

Aber zweifellos war ich zumindest für seine Ängste verantwortlich. Für das Entsetzen, das ihn beherrschte – ein Entsetzen, das weitgehend verwandt war mit seiner Angst vor dem Eingeschlossensein, vor kleinen Räumen, vor dem Ersticken.

Ich habe nur zweimal etwas davon bemerkt, als ich zusammen mit ihm auf dem Château war. Das eine Mal bei einem Ausflug zu den berühmten Schlössern an der Loire. Wir hatten unterwegs angehalten, um ein Picknick zu veranstalten.

Wir breiteten Decken aus auf einem Feld nahe der Straße, aßen Sandwiches und tranken Wein; danach lagen wir eine Weile müßig herum, rauchten, unterhielten uns und waren sehr fröhlich. Der eine oder andere von uns streifte durch die Gegend.

Ich glaube, es war der Dänenhans, der sich unbemerkt von hinten an Bartels heranschlich, ihm eine Decke über den Kopf warf und sie fest zuhielt. Niemals werde ich den wilden Kampf vergessen, der darauf folgte, den Anblick von Bartels, der mit Armen und Beinen um sich stieß, die Teller, Flaschen und Picknickkörbe dabei umwarf, und seine Blicke, als es ihm schließlich gelungen war, sich zu befreien: Blicke voll Entsetzen und Angst, die sich danach in wütenden Zorn verwandelten.

»Tu das bloß nicht wieder«, sagte er, stand auf, ging ein Stück von uns weg und ließ sich erschöpft auf den Boden sinken. Wir schauten einander an, und keiner sprach ein Wort. Anschließend setzten wir, noch ein wenig schuldbewußt, unsere Fahrt fort.

Das zweite Mal geschah es, als wir eines Abends Verstecken spielten. Jemand, der wußte, daß sich Mary und Bartels gemeinsam in einem der Schlafzimmer versteckt hatten, schloß die Tür von außen ab, weil er sich einen Scherz machen und Bartels nachher daraufhinweisen wollte, daß er nunmehr gezwungen sei, das Mädchen wohl oder übel zu heiraten.

Doch es kam ganz anders als geplant.

Wir mußten die Tür schleunigst wieder aufschließen angesichts des fürchterlichen Radaus, den Bartels veranstaltete, als er mit beiden Fäusten gegen die Tür hämmerte, und der kläglichen, unnatürlich hohen und schrillen Laute, die er dabei ausstieß.

Später fragte ich Mary, was denn geschehen sei, aber sie wollte nicht mit uns darüber reden. Sie sagte lediglich: »Ich glaube, er kann die Vorstellung nicht ertragen, irgendwo eingesperrt zu sein. Es gibt Menschen, die eine fürchterliche Angst vor geschlossenen Räumen empfinden. Ich glaube, man nennt das Klaustrophobie.«

Und sie wechselte rasch das Thema. Ich gewann den Eindruck, daß sie nicht darüber sprechen wollte, weil Bartels' Verhalten sie völlig aus der Fassung gebracht hatte.

2

Ich nehme an, ich bin der einzige Mensch, der imstande ist, die volle Wahrheit über Philip Bartels niederzuschreiben. Es gibt noch jemanden, der glaubt, ihn durchschaut zu haben, aber derjenige täuscht sich. Zunächst einmal hat er keine Ahnung, daß ich ein Mörder bin – und dazu noch einer, der sein Verbrechen vor der Nase eines nichtsahnenden Polizeibeamten beging.

Ich kenne die Tatsachen schon deshalb so genau, weil ich alle Personen, die in diese Affäre verwickelt waren, sehr gut kannte. Ich habe daher aus naheliegenden Gründen die Namen aller Beteiligten geändert, einschließlich meines eigenen Namens. Denn wenn es um mich selbst geht, bin ich noch vorsichtiger als sonst.

Die Rekonstruktion der Ereignisse ist denkbar einfach, aber man könnte vielleicht einwenden, daß ich versucht habe, die Gedanken zu beschreiben, die Philip Bartels beherrschten. Woher sollte ich denn wissen, könnte man mich fragen, was in seinem Kopf wirklich vorging?

Ich sollte mich vielleicht rechtfertigen mit dem Hinweis darauf, daß ich Philip Bartels besser kannte als jeder andere, daß ich sogar seine Gedanken durchschaute, und daß eine achtundzwanzigjährige Freundschaft wohl ausreicht, um einen Menschen genau kennenzulernen.

Aber zugleich muß ich, ohne unhöflich sein zu wollen, bekennen, daß es mir im Grund völlig egal ist, ob man den Wahrheitsgehalt meines Berichts anzweifelt oder nicht.

Vor allem deshalb – und ich möchte es noch einmal mit aller Entschiedenheit betonen –, weil ich diesen Bericht in erster Linie für mich selbst abfasse; vielleicht, um endlich einmal alles schwarz auf weiß darzulegen und dadurch mein Gewissen zu erleichtern. Ich habe im Verlauf der Ereignisse keine sehr edle Rolle gespielt, und auch das will ich endlich einmal schriftlich niederlegen.

Ich, Peter Harding, Besitzer mehrerer Hotelbetriebe, verhältnismäßig jung, verhältnismäßig erfolgreich – ein Mensch, der es gewohnt ist, seine Gedanken, Wünsche und Absichten schriftlich niederzulegen. So, wie es meinem Naturell entspricht. Ich entlaste mich dadurch und brauche nicht alles im Kopf zu behalten.

Noch etwas ist mir klargeworden, nachdem ich meinen Besuch im Château hinter mir habe: Obwohl ich zunächst aus nostalgischen und sentimentalen Gründen dorthinfuhr, dauerte es nicht lange, bis ich erkannte, daß ich mich zugleich der Lösung des einen Problems näherte, das mich bis dahin stets verwirrt und beunruhigt hatte. Die quälende, belastende Frage, warum ein Mann von Philip Bartels' Charakter so handelte, wie er es getan hat.

Niemals vergesse ich das Gefühl meiner wachsenden Erregung, als ich mich mit kleinen Schritten der Lösung jenes letzten Rätsels näherte, das die bemerkenswerte Persönlichkeit von Philip Bartels umgab.

3

Alles Lebendige braucht die Liebe. Selbst die Pflanzen drängen nach oben, nach der zärtlichen, wohltuenden Wärme der Sonne. Kinder und junge Menschen brauchen mehr davon als alle anderen Wesen, und Zuneigung, Fürsorge und Wohlwollen sind da nur ein unzureichender Ersatz, so wichtig sie sonst auch sein mögen. Ich glaube, daß Bartels in späteren Jahren vor allem deshalb so sehnsüchtig nach Liebe suchte, weil sie ihm, ganz im Gegensatz zu mir, in seinen Kinder- und Jugendtagen versagt geblieben war.

Ich lernte ihn kennen, als wir beide zehn Jahre alt waren und gemeinsam in York zur Schule gingen. Er war auch damals kein besonders hübscher Junge. Ein kleines Kerlchen mit einem Froschgesicht und einer Goldrandbrille; höchstens mittelgroß und ziemlich schwächlich. In den ersten beiden Klassen wurde er von seinen Mitschülern schrecklich tyrannisiert, und auch ich nahm daran teil, hatte sogar meinen Spaß dabei.

Wir rollten ihn in der Turnhalle in eine Matte und sprangen dann über und nicht selten auch auf ihn. In dieser Turnhalle stand auch ein Klavier, und manchmal wurde dort der Gesangsunterricht abgehalten; dann steckten wir Bartels gelegentlich in den Sprungkasten und ließen ihn die ganze Stunde über drinnen.

Manche Psychologen behaupten, daß man schon so gut wie geheilt ist, wenn man erst die Ursachen seiner widersinnigen Ängste erkannt hat. Bartels litt im späteren Leben an Klaustrophobie, die er auf das Erlebnis mit dem Sprungkasten zurückführte – aber das Wissen um die Ursache hat ihn keineswegs kuriert.

Wenn die Schule vorbei war, lauerten wir meist vor dem Tor auf ihn, aber nach einiger Zeit rechnete er bereits von vornherein damit und blieb in der relativen Sicherheit eines leeren Klassenzimmers, bis wir, des Wartens überdrüssig, nach Hause gegangen waren. Ich sehe noch bis heute sein blasses, kleines Gesichtchen vor mir, das er gegen eine Fensterscheibe preßte, während er hoffte, daß wir bald verschwinden würden.

Nach einiger Zeit gaben wir es auf, ihn zu kujonieren, vor allem, weil er ein so gutmütiger Bursche war; und wir beide freundeten uns an.

Damals wohnten meine Eltern in Dringhouses am Stadtrand von York.

In der letzten Klasse studierten wir ›Julius Caesar‹ von Shakespeare ein. Ich spielte die Rolle des Caesar, Bartels den Cassius. Wir amüsierten uns königlich, wenn ich die berühmten Sätze sprechen mußte:

> Laßt dicke Männer um mich sein.
> Mit glatten Köpfen, die des Nachts gut schlafen.
> Doch Cassius sieht so dürr und hungrig aus;
> Er denkt zuviel; das soll gefährlich sein.

Dabei hielt ich Bartels weiß Gott niemals für einen gefährlichen

Menschen. Selbst damals, in seinen Flegeljahren, war er stets gütig und zuvorkommend.

Als wir die Grundschule hinter uns hatten, mußten wir uns trennen, da wir verschiedene Aufbauschulen und danach auch verschiedene Gymnasien besuchten, doch wir trafen uns dennoch ziemlich häufig, vor allem während der Schulferien. Jetzt lebten wir beide in London.

Meine Eltern hatten eine moderne, hübsche Wohnung in Kensington bezogen, und da sie fröhliche, gesellige Menschen waren, die nicht mit ihrem Schicksal haderten, gab es immer viel zu lachen, und nach dem Abendessen kamen häufig Freunde und Bekannte zu einem Gespräch oder einer Tasse Kaffee bei uns vorbei.

Ganz anders bei Bartels.

Er war gerade dreizehn, als seine beiden Eltern in Frankreich bei einem Zugunglück ums Leben kamen, und dem Jungen blieb nichts anderes übrig, als zu seiner Tante Emily, ihrer Schwester Rose und seinem Onkel James zu ziehen. Onkel James war Hauptmann a. D., hatte beim berühmten Somerset-Regiment gedient und neben anderen Heldentaten auch den Mut aufgebracht, Bartels' Tante Rose zu heiraten.

Ich habe in meinem Leben schon manch sonderbaren Haushalt kennengelernt, aber keiner davon glich auch nur im entferntesten dem von Onkel James und den Tanten Rose und Emily. Und ausgerechnet dorthin wurde Philip Bartels, ein einsamer und empfindsamer Junge im schwierigen Alter von dreizehn Jahren verschlagen!

Bei mir zu Hause gab es stets viel zu lachen, während die wenigen heiteren Szenen, die ich erlebte, wenn ich Bartels besuchte, fast immer unbeabsichtigt waren und sich aus den absurden Ereignissen in dieser unglaublichen Familie ergaben.

Wenn dort tatsächlich einmal Freunde oder Bekannte zu einem Besuch vorbeischauten, richteten sie es so ein, daß sie baldmöglichst wieder verschwinden konnten, und das war nur zu verständlich.

Dennoch waren die drei keine schlechten Menschen. Ja, alle Menschen, die in diesem Bericht auftauchen, sind im Grunde anständig – wenn man einmal von mir selbst absieht. Vielleicht gibt gerade diese Tatsache meiner Geschichte eine besondere Würze, denn Verbrechen unter schlechten Menschen sind weiß Gott abgedroschen genug.

Ja, die Verwandten von Philip Bartels waren gütig und großzügig. Und sie liebten einander. Sie hätten alles geopfert, um anderen aus der Not zu helfen. Aber sie waren so sehr mit den Dingen dieser Welt – und vielleicht auch einer zukünftigen Welt – beschäftigt, daß sie kaum die Zeit fanden, Bartels all die Liebe zuteil werden zu lassen, die ein Kind in diesem Alter nun einmal braucht.

Ich habe sie im Lauf der Jahre ziemlich gut kennengelernt, denn ich war ein Einzelkind und froh, in den Ferien zwei- oder dreimal die Woche meinen Freund besuchen zu können. Und es dauerte nicht lange, bis auch ich sie Tante Rose, Onkel James und Tante Emily nannte, als seien es meine eigenen Verwandten.

Das Haus, in dem Bartels nun wohnte, lag nicht weit von der Bayswater Road; die genaue Adresse lautete: Melville Avenue, Nummer 257.

In der Melville Avenue gibt es keine klaren, leuchtenden Farben. Die dicht beisammenstehenden Häuser, von denen jedes mit zwei stuckverzierten Säulen am Ende der Steintreppe zum Vordereingang ausgestattet war, kamen mir so vor, als hätte der Maler beim Tünchen mit Absicht nur düstere, gedeckte Töne dafür ausgewählt. Einige waren bisterbraun, einige grau, und bei manchen waren selbst die lächerlichen Säulen in einem seltsam bedrückenden Schokoladenbraun oder sogar schwarz gestrichen. Das Haus, das Tante Emily gehörte, muß ursprünglich einmal schwach senffarben gewesen sein.

Hinter jedem der Häuser gab es einen kleinen Garten, eingefaßt von einer scheußlichen, grauen Mauer, und hier lauerten düstere Gebüsche und jämmerliche Bäume mit dunkelgrünem Laub. Einige von den Hausbesitzern hatten mit viel Mühe versucht, einen gepflegten Rasen anzulegen – auch Bartels' Onkel zählte zu ihnen –, doch der Erfolg blieb aus, da der Boden aus schwarzer, saurer Erde und Bauschutt bestand und das Gras nur dünn und unansehnlich sprießen ließ.

Das Haus Nummer 257 hatte wie alle Häuser in der Nachbarschaft drei Geschosse: Parterre, erste und zweite Etage. Unter dem Parterre gab es noch ein Souterrain. Bartels' Tante Rose, ihr Mann

James, Tante Emily, die Köchin und Bartels selbst bewohnten Erdgeschoß und Souterrain.

Der erste Stock war an einen pensionierten Regierungsbeauftragten vermietet, der fast sein ganzes Leben lang in Ostafrika gelebt hatte. Seinen Namen habe ich vergessen. Aber ich sah ihn hier und da, wie er mit seiner Frau die Treppe herunterkam: ein mageres, gelbgesichtiges, stets mürrisch wirkendes Ehepaar. Der Mann arbeitete halbtags als Sekretär in einem unbedeutenden Klub im West End und kam selten vor Mitternacht nach Hause.

Hier und da, wenn meine Eltern verreist waren, übernachtete ich bei Bartels, und dabei hörte ich mitunter die Schritte der Frau über mir, die ruhelos auf und ab zu gehen schien. Einmal vernahm ich, wie sie schluchzte. Ich glaube, sie war halbverrückt vor Einsamkeit.

Die oberste Etage war an Mr. Martin, einen Künstler Anfang dreißig, vermietet; er wohnte dort mit einem weiblichen Wesen, das er als seine Frau bezeichnete, obwohl Tante Rose gelegentlich mit Augenzwinkern bemerkte, Mrs. Martin käme sicherlich in Schwierigkeiten, wenn sie eines Tages gezwungen würde, ihre Heiratspapiere vorzulegen. Die Martins waren fröhliche, glückliche Menschen, die fast ausschließlich mit ihresgleichen verkehrten.

Mitunter gaben sie geräuschvolle Partys, die bis in die frühen Morgenstunden andauerten und nach denen die Gäste auf Zehenspitzen, kichernd und flüsternd die linoleumbelegte Treppe herunterkamen. Ich fragte mich manchmal, wie sich wohl die Frau des Regierungsbeauftragten fühlen mußte, wenn sie diese Geräusche der Fröhlichkeit vernahm, die so nah und doch so unendlich weit von ihr entfernt waren.

Tante Rose und Onkel James – ich muß immer wieder an sie denken – wohnten zusammen mit Bartels im Parterre; Tante Emily und die Köchin im Souterrain. Es ist typisch für die bemerkenswerte Geschäftstüchtigkeit von Tante Rose, daß sie und ihr Mann die besten Zimmer des Hauses für sich in Anspruch nahmen, obwohl sie keine Miete bezahlten, und daß Emily, die Hausbesitzerin, mit dem Souterrain vorlieb nahm.

Der Grund dafür lag auf der Hand – jedenfalls für Tante Rose, und er bestand darin, daß Rose eines Tages Millionärin sein und der ganzen Familie bis an ihr Lebensende ein Leben in Luxus gewährleisten würde.

Zwischen ihr und den unermeßlichen Reichtümern – die übrigens insgesamt in die Hunderte von Millionen gehen sollten – stand lediglich das Problem, einen Rechtsstreit gegen den Neffen ihres Mannes zu gewinnen. Das war der vielzitierte ›Prozeß Tante Rose‹; der Gegenstand von unzähligen Diskussionen im Familienkreis.

Ich weiß nur so viel darüber, daß es in diesem Rechtsstreit von legitimen und illegitimen Geburtsscheinen, verschwundenen Seiten aus Kirchenregistern, bösen Schwestern, alten Ammen, die sich an dieses und Buchhaltern, die sich an jenes erinnerten, nur so wimmelte; sie alle waren bereit, in den Zeugenstand zu treten und zu schwören, daß dies oder das so sei oder nicht so sei.

In Wahrheit hatte ein Rechtsanwalt nach dem anderen den Fall nach eingehender Prüfung abgelehnt oder sich mit Tante Rose überworfen. Der eine war offensichtlich zu lasch, der andere von der Gegenpartei bestochen; der dritte war zu schüchtern, der vierte besaß die Frechheit, eine Vorauszahlung auf sein zu erwartendes Honorar zu fordern.

Und jedesmal, wenn ich sie in den Ferien besuchte, hatte Tante Rose gerade wieder einmal den richtigen Mann gefunden: eine echte Kämpfernatur, ehrlich, aufrichtig und unerschrocken. Bei Gott, er würde es ihnen zeigen! Schon nächste Woche würden die Vorladungen verschickt werden, vorausgesetzt, der Anwalt hielt es für angebracht – doch das war nie der Fall.

Tante Rose war eine kleine Frau mit silbergrauem Haar, grauen Augen und einem kämpferischen Gemüt; sie liebte es, ihre Worte dadurch zu unterstreichen, daß sie dazu mit der Faust auf den Tisch hämmerte. Tante Emily war das genaue Gegenteil: groß, mit einem bleichen, ovalen Gesicht, weiten, dunklen, leichtgläubigen Kinderaugen und einem stets ernsten, eingeschüchterten Ausdruck; sie trug altmodischen Modeschmuck, seltsame Spitzen- und Pelzkreationen und lang herunterhängende, schwarze Ohrringe.

Onkel James hatte längst seine Pension aufgezehrt; ihm blieb nur noch ein bescheidenes Einkommen aus einer ebenso bescheidenen Leibrente. Daher war Tante Rose auf Emilys finanzielle Unterstützung angewiesen.

Aber hatte sie nicht einen Prozeß, der in allernächster Zeit vor Gericht kommen würde? Wenn sie ihn gewann – und wer wollte daran zweifeln! – konnte sie Emily alles auf den Penny zurückzahlen, einschließlich der unbezahlten Miete für viele Jahre, und sie alle würden sich auf vornehme und luxuriöse Landsitze zurückziehen und in Saus und Braus in Glück und Zufriedenheit leben können.

Ich muß gestehen, daß ich Tante Rose mit all ihrem unbekümmerten Optimismus und den ständigen Gedanken an ihren großen Prozeß eigentlich niemals bedauerte, obwohl sie einem im Grund leid tun konnte. Dagegen empfand ich ausgesprochenes Mitleid mit Onkel James, dem Mann, der eigentlich im Mittelpunkt des Prozesses stehen sollte.

Erstaunlicherweise hatte ich bei ihm nie den Eindruck, daß er sich zu Unrecht benachteiligt fühlte; vielmehr schien er den Prozeß mit gutmütiger Gelassenheit zu betrachten. Wenn man ihn nach seiner Ansicht darüber befragte, wich er meist aus, vermutlich, weil er von Tante Rose beeindruckt und vielleicht auch eingeschüchtert und entsprechend instruiert war.

Er war ein kleiner, wohlproportionierter Mann, der sich stets in der Art eines Landedelmannes kleidete. Er trug auffallend karierte Anzüge, meist in Grau, deren Stoff so schwer und unverwüstlich war, daß sie noch immer fast wie neu aussahen, obwohl sie vermutlich schon aus der Zeit König Edwards VIII. stammten. Er verstand sie zu tragen; an ihm sahen sie noch immer elegant aus. Er hatte helles, schütteres Haar, kantige Backenknochen, eine gerade Nase und lebhafte, vergnügte Augen.

Es mutete sonderbar an, daß ein Mann, dem die Entscheidung über ein berühmtes Regiment zugestanden hatte, ja, der für tausend Männer so etwas wie ein Halbgott gewesen war, nun in einem kümmerlichen Garten in Bayswater den Rasen pflegte und von der letzten Hetzjagd träumte, die er noch erleben wollte. Er sehnte sich nach einer angemessenen Beschäftigung, und war bestürzt darüber, daß man ihm, obwohl er bereits die Sechzig überschritten hatte und in nichts als dem Kriegshandwerk bewandert war, keine entsprechenden Angebote machte.

Doch bis ans Ende seiner Tage gab er die Hoffnung nicht auf, beides – die Hetzjagd und eine geeignete berufliche Position – noch zu erleben, und natürlich war ihm weder das eine noch das andere vergönnt.

Onkel James half bei der täglichen Hausarbeit, kümmerte sich um den Garten, holte Kohlen aus dem Keller, hackte Holz, putzte Schuhe und bügelte seine Anzüge; er war immer noch so makellos gekleidet wie in jenen Tagen, als sich ein Bursche um seine persönlichen Dinge gekümmert hatte.

Wenn ich mich heute an Philip Bartels' Familie erinnere, erscheinen mir Onkel James und Tante Rose als ein unbekümmertes und zugleich hilfloses Paar, das seine gesamte Energie darauf verschwendete, einer Fata Morgana nachzujagen; sich dabei aber prächtig ernährten und immer eine Flasche Whisky im Haus hatten, die unbezahlten Rechnungen stapelten und glaubten, daß die Welt ihnen ein vernünftiges Einkommen schuldig war.

Aber sie liebten sich von dem Augenblick, als sie sich zum erstenmal gesehen hatten, bis zu jenem Tag, als Tante Rose starb. Nach ihrem Tod wanderten die Stapel von Akten in den Müll, Akten über den Prozeß, den Tante Rose niemals gewann und auch nicht gewonnen hätte, wenn sie so alt geworden wäre wie Methusalem.

Die beiden verhielten sich Philip Bartels gegenüber zweifellos sehr liebenswürdig, und sie mochten ihn gern – aber nicht mehr. Und auch Tante Emily war viel zu sehr mit ihrem Vermögen, mit ihren Aktien und Mietern beschäftigt, während sich Tante Rose fast ausschließlich mit ihrem Kampf gegen die Anwälte und das Gericht befaßte.

Nicht einmal Onkel James zeigte darüber hinaus ein sonderliches Interesse an Bartels, denn der Junge hatte nie zuvor eine Hetzjagd mit Hunden mitgemacht und auch keine Neigung zu einer Karriere bei der Armee gezeigt – ja, er konnte nicht einmal zwei verschiedene Armeegewehre voneinander unterscheiden.

Und so war die Jugendzeit des Mannes, der die kühle, überlegene Beatrice heiratete – das Mädchen, nach dessen Ankunft auf dem Château eines der verheerendsten Gewitter über die Sologne hereinbrach, welches je in der Geschichte dieser Gegend registriert worden war.

Doch das Leben ist niemals ausschließlich tragisch oder düster. Auch Bartels' Umgebung hatte ihre amüsanten Seiten, wenn auch mehr von der lächerlichen Art, und er war vermutlich noch zu jung, um sie voll und ganz genießen zu können.

Im ganzen gesehen kann man seine Jugendtage keineswegs als unerfreulich bezeichnen. Es gibt weiß Gott unerfreulichere. Dennoch hat ihm diese Umgebung geschadet, schwer geschadet. Bartels hätte viel mehr menschliche Wärme gebraucht, als er sie in der Melville Avenue Nummer 257 finden konnte; mehr auch, als Beatrice Wilson ihm zu geben vermochte, sowohl vor als nach ihrer Heirat.

4

Ich saß oben in dem Wald hinter dem Schloß, wo Bartels und ich so viele glückliche Stunden verlebten, und mußte mir selbst eingestehen, daß ich bei den Ereignissen, die sich viele Jahre später zutrugen, meine Karten äußerst geschickt und hinterhältig ausgespielt hatte.

Ja, es war mir gelungen, meine Rolle in der Bartels-Affäre so geschickt zu verbergen, daß ich sicher sein konnte, er sah mich noch immer als seinen Freund an – an jenem Februarabend, als die Welt für ihn zusammenbrach und in Flammen aufging.

Sein Verhalten war der beste Beweis dafür.

Um so besser. Ich bin sehr froh über die Gewißheit, daß sich zu seinen Ängsten nicht auch noch die Bitterkeit gesellte, von seinem besten Freund hintergangen worden zu sein.

Ich sagte es schon: Ich glaube, meine Rolle war nicht gerade die eines edlen Helden und guten Freundes. Im Gegenteil. Wenn es um Herzensangelegenheiten geht, werden wir alle zu Egoisten. Aber obwohl mein Handeln in dieser Beziehung ausschließlich von meinen persönlichen Interessen diktiert wurde, zweifelte ich lange daran, ob ich mir tatsächlich etwas vorzuwerfen hatte.

Immerhin hatte ich mich, zumindest zu Anfang, völlig korrekt verhalten, und als der Augenblick des großen Opfers gekommen war, hätte wohl nur ein Heiliger die übermenschliche Kraft besessen, der Versuchung zu widerstehen.

Wenn man in einer Großstadt wie London ein normales Leben führt – vorausgesetzt, man bezeichnet das Großstadtleben überhaupt als normal –, dann ist es nicht schwer, den Plagen eines schlechten Gewissens zu entgehen. Mir jedenfalls fiel es ausgesprochen leicht. Es gibt immerhin unzählige Möglichkeiten zur Zerstreuung.

Aber als ich an jenem Abend das Schloß besuchte, war alles plötzlich ganz anders.

Wenn man in die Vergangenheit zurückwandert, wie ich das getan habe, und die Geister beschwört, vor allem einen ganz bestimmten Geist, wenn man sieht, wie er war und zugleich weiß, was in den darauffolgenden Jahren alles geschehen ist, dann steht man plötzlich sich selber Auge in Auge gegenüber.

Argumente, die bis dahin als überzeugend galten, beginnen zu zerbröckeln. Zweifel beschleichen dich, packen dich von hinten, zwingen dich zum Umwenden. Du mußt sie an der Kehle packen und ihnen die Luft abschnüren, wenn du nicht von diesen Zweifeln zu Boden geworfen und zertrampelt werden willst.

Denn sonst bahnt sich die Wahrheit unerbittlich ihren Weg.

5

Nachdem ich das Château verlassen hatte, fuhr ich nach Deutschland und nach Italien, um die Sprachen dieser Länder zu studieren. Ich arbeitete in verschiedenen Hotels im In- und Ausland, auf dem Kontinent und in Amerika. Mein Vater hatte mir zwar eine angenehme Zukunft gesichert, war aber der Meinung, daß ich das Hotelgeschäft von der Pike auf lernen sollte.

Ich arbeitete in jedem Beschäftigungszweig, den man in einem großen Hotel finden kann, betätigte mich sowohl manuell als auch im Büro, denn mein Vater, dem sein Lebenswerk nicht in den Schoß gefallen war, wollte verhindern, daß es danach von einem Dilettanten zerstört wurde.

Es war harte Arbeit, aber sie machte mir Spaß, und ich lernte die Menschen kennen, sowohl die Männer als auch die Frauen. Aber ich blieb nur selten länger als ein paar Monate an einem Ort, und auch mit den Mädchen hielt ich es nicht viel anders.

Ich hatte Ingrid verloren, aus Gründen, die ich nicht näher zu beschreiben brauche, und danach blieb ich weitgehend frei und ungebunden.

Im Gegensatz zu Bartels.

Wir schrieben uns ziemlich oft, und ich erfuhr, daß er tatsächlich, wie geplant, die Stellung als Vertreter jener Weinhandlung übernommen hatte. Nach einer Einarbeitungszeit in London hatte er die bedeutendsten Weingüter auf dem Kontinent besucht, und danach hatte er begonnen, als Reisender der Firma deren Produkte zu verkaufen.

Die Firma war recht bekannt und gut eingeführt, und zusammen mit dem kleinen Vermögen, das ihm seine Eltern hinterlassen hatten, hatte er mit sechsundzwanzig Jahren genügend Geld zur Verfügung, um eine Familie ernähren zu können.

Also heiratete er. Er heiratete Beatrice Wilson, lud mich zur Hochzeit ein, was freilich rein formell war, da ich mich zu dieser Zeit in Amerika aufhielt. Als ich es erfuhr, fragte ich mich, warum Beatrice Wilson, dieses attraktive, intelligente Mädchen, ausgerechnet den kleinen, froschgesichtigen Bartels heiraten wollte – selbst wenn er über einen gewissen, stillen Charme und über eine angenehme Stimme verfügte.

Die Kriegsjahre verlebte ich überwiegend in einem japanischen Kriegsgefangenenlager. Aber ich hatte Glück und kehrte 1946 in verhältnismäßig gutem Gesundheitszustand nach London zurück. Da meine Eltern zu dieser Zeit in Buckinghamshire wohnten, suchte und fand ich glücklicherweise eine kleine, modern möblierte Wohnung in der Kensington High Street. Kurz nach meiner Rückkehr rief ich Bartels in seinem ehemaligen Büro an, wobei ich freilich nicht wußte, ob er die letzten Kriegsjahre überstanden hatte und noch oder wieder bei der Weinfirma beschäftigt war.

Aber alle Zweifel verflogen, als ich die tiefe, angenehme Stimme am Telefon vernahm, die in einem so sonderbaren Kontrast zu seinem schwächlichen Körperbau stand. Er schien aufrichtig begeistert zu sein, von mir zu hören. Ich verabredete mich mit ihm und mit Beatrice für den kommenden Abend zum Dinner, und wir stellten mit großer Freude fest, daß wir in derselben Gegend wohnten, keine fünf Minuten voneinander entfernt.

Es sah so aus, als würde sich unsere alte Jugendfreundschaft erneuern, und das war auch mindestens in den kommenden drei Jahren der Fall. Für mich war das eine glückliche Zeit. Ich hatte eine gute Stellung, viele Freunde und eine Dunkelkammer in meiner Wohnung, wo ich mich mit fotografischen Experimenten befaßte.

Und ich war angenehm überrascht, als ich sah, wie sich diese von mir mit großer Skepsis betrachtete Ehe anscheinend trotz aller Widrigkeiten bewährte.

Beatrice war eine glänzende Hausfrau. Sie sah immer noch sehr gut aus und schien glücklich und zufrieden zu sein. Ihre Eltern hatten ihr ein kleines Landhaus in der Nähe von Balcombe in Sussex geschenkt, und dort verbrachten Philip und Beatrice Bartels ihre Sommerwochenenden. Nicht selten war auch ich mit von der Partie.

Sie hatten einen netten Freundeskreis, sowohl in London als auch in Sussex, und wenn es mitunter den Anschein hatte, als sei Bartels noch stiller als gewöhnlich, dann führte ich das in erster Linie darauf zurück, daß er mit seiner Firma einigen Ärger hatte.

Es war die altbekannte Geschichte des Mannes, der zum Militär eingezogen wird – in seinem Fall nach Afrika, Italien und Deutschland – und der bei seiner Rückkehr aus dem Feld feststellen muß, daß andere in seiner Abwesenheit seine ehemalige Position übernommen haben. Sicher, er bekam seine Stellung zurück – als Vertreter für die Weinhandlung, aber man gab ihm zugleich zu verstehen, daß die Firma beim gegenwärtigen Tiefstand des Weinhandels nicht viel mehr für ihn tun konnte.

Bartels war nicht mehr so jung wie vor dem Krieg, und ich glaube, daß er fühlte, wie seine Energie nachließ. Außerdem waren gute Weine zunächst fast gar nicht erhältlich, und wenn, dann so teuer, daß er Schwierigkeiten hatte, sie an den Mann zu bringen.

Aber Beatrice bekam von ihren Eltern noch immer ein ansehnliches Taschengeld, mit dem sie ihre Garderobe bestritt, und mit dem bescheidenen Einkommen aus dem Besitz seiner Eltern, das Bartels über den Krieg gerettet hatte, konnten die beiden trotz mancher Schwierigkeiten einigermaßen gut leben. Bartels, der, wie sein Name andeutet, von Holländern abstammte, versuchte trotz nachlassender Energie den Verkauf hartnäckig anzukurbeln, was freilich zur Folge hatte, daß er meist zwei oder drei Nächte pro Woche nicht nach Hause kommen konnte.

Ich verbrachte manchen fröhlichen Abend mit den Bartels' und ihren Freunden. Da waren Fred Manders, der Architekt, und seine Frau Joyce; James Murray, ein Versicherungskaufmann; Bill und Margaret Barnet – Bill arbeitete in der Textilindustrie; und auf dem Land gab es die Derbyshires, die ihr kleines Gut ziemlich planlos bestellten; Major Godfrey und Frau, die von ihrem Vermögen lebten; John O'Brien, einen irischen Rechtsanwalt, der gleich nebenan allein in einem Landhaus lebte und täglich nach London fuhr, dazu noch ein paar andere. Ich persönlich kam am besten mit John O'Brien aus. Er war ein kräftiger, großer Mann Mitte dreißig, stets heiter und aufgeräumt, mit dunklem Haar, blauen Augen und einem kampflustigen, offenen Gesicht.

Als ich ihn kennenlernte, war er noch nicht ganz sicher, ob er die Richterlaufbahn einschlagen sollte, aber ich war davon überzeugt – und der spätere Verlauf sollte es bestätigen –, daß er mit seinem guten Aussehen und seinem irischen Charme eine große Karriere vor sich hatte.

Auf dem Land lebte er in erster Linie wegen seiner Leidenschaft für Bernhardinerhunde, von denen er drei prächtige Exemplare besaß. Ich nahm ihn oft mit dem Wagen in die Stadt mit, und an den Sonntagen kam er meist zum Essen oder auf ein paar Drinks zu den Bartels' herüber.

Wir alle mochten ihn gern. Und ich bin auch heute noch mit ihm befreundet.

Ich konnte ohne vorherige Anmeldung jederzeit zum Wochenende nach Balcombe kommen, eine Einladung, der ich häufig nachkam. Mein Zimmer stand immer bereit. So eng war meine Freundschaft mit Philip und Beatrice Bartels.

Und das blieb auch eine ganze Weile so. Rückblickend erinnert mich diese Zeit an jenen sonnigen, windstillen Tag, als Beatrice auf dem Château ankam; jener Tag, der so plötzlich in Donner, Blitz und Regengüssen endete.

Und selbst als sich der erste Riß in dieser Beziehung andeutete, war ich zunächst nur überrascht und ein wenig betrübt. Es begann an jenem zwölften Februar, als Bartels mich in meinem Büro anrief und mich zum Lunch ins Café Royal einlud, weil er mir etwas mitteilen wollte.

Ich hatte gerade an diesem Tag besonders viel zu erledigen und versuchte, dieses Treffen auf einen der kommenden Tage zu verschieben.

»Es kommt darauf an, was du mir mitteilen willst«, hatte ich vorsichtig geantwortet.

Er zögerte. »Es ist etwas, was du unbedingt wissen solltest«, erklärte er schließlich.

»Können wir uns nicht morgen sehen? Ich habe heute noch eine Menge zu tun.«

»Nein, lieber nicht. Ich möchte dich heute sprechen, und zwar unter vier Augen.« Obwohl er so langsam und bedächtig wie immer redete, bemerkte ich, wie sehr es ihn zu diesem Gespräch mit mir drängte.

»Na schön«, sagte ich zuletzt. »Ich komme.«

»Dann schlage ich vor, wir treffen uns in der Cocktailbar des Café Royal, Punkt ein Uhr. Nein, halb eins wäre mir lieber.«

»Halb eins? Ich fürchte, das schaffe ich nicht.«

»Wenn du nicht um halb eins da bist, brauchst du gar nicht zu kommen.«

Wieder zögerte ich. »Worum geht's denn eigentlich?«

»Das kann ich dir nicht am Telefon sagen.«

Ich dachte: Na ja, dann muß ich eben heute abend ein paar Stunden daranhängen.

»In Ordnung. Halb eins. Ich hoffe, es ist wichtig genug, daß ich dafür meinen ganzen Terminplan durcheinanderwerfe.«

»Das kannst du mir glauben. Ich bin dir sehr dankbar, wenn du kommst. Es ist sehr wichtig für mich, Pete. Ich will deine Meinung dazu hören.«

Ich nahm mir ein Taxi und kam pünktlich an. Er saß bereits oben in der Cocktailbar des Restaurants, in einer der Nischen, und hatte mir den üblichen Gin mit Tonic bestellt.

Als ich auf ihn zukam, dachte ich, daß er sich eigentlich die ganzen Jahre über kaum verändert hatte. Er war immer noch sehr mager, während ich etwas zuviel Fett angesetzt hatte. Und er lächelte immer noch jenes freundliche, breite Lächeln, das ich so gut kannte. Aber in letzter Zeit kam er mir verschlossener vor, jedenfalls in Gesellschaft mit anderen: mir dagegen schien er uneingeschränkt zu vertrauen. Ich nahm an, seine Scheu gegenüber weniger vertrauten Menschen kam daher, daß er auf seinen Geschäftsreisen manche Enttäuschungen erlebte. Er war kein sehr erfolgreicher Vertreter seiner Firma. Und ohne sein privates Einkommen hätte er sich das Leben nicht leisten können, das er führte.

Er stimmte in meinen Toast auf unsere gute Gesundheit ein und schwieg dann eine Weile, während er mit einem abgebrannten Streichholz an einem Zigarettenstummel im Aschenbecher herumfummelte. Ich fragte ihn, wie es ihm geschäftlich gehe, und er meinte, es könnte schlechter sein.

Dann schaute ich mich in der Cocktailbar um, wußte, daß es keinen Sinn hatte, ihn zu drängen.

Erst nach einer längeren Pause fragte er mich plötzlich nach meiner Meinung über seine Frau. Es war die letzte Frage, die ich erwartet hätte.

Er sagte: »Wie stehst du eigentlich zu Beatrice? Ich meine, magst du sie?«

»Natürlich mag ich sie«, erwiderte ich. »Ich mag sie sogar sehr gern. Ich finde, sie ist ein prächtiger Kamerad. Warum?«

Er nickte, als hätte er genau diese Antwort erwartet. Und er mußte in jedem Fall damit rechnen, denn man kann schließlich einem Freund gegenüber nicht zugeben, daß man seine Frau nicht mag, selbst wenn das der Fall sein sollte.

»Worauf willst du denn hinaus?« fragte ich ihn.

»Ich mag sie auch. Das ist ja das Teuflische daran.«

»Es gibt immerhin noch einige Männer, die ihre Frauen mögen. Das ist angeblich eine harmlose Krankheit, wie Windpocken. Du kommst sicher darüber hinweg. Aber es kann eine Weile dauern.«

Er lächelte nicht über meine Witzeleien. Statt dessen schaute er quer durch den Raum und sagte: »Nun, Pete, damit du es weißt: Ich werde mich von Beatrice trennen. Ich dachte, ich muß es dir sagen. Du hast ein Recht darauf, es als erster zu erfahren.«

Ich war immer stolz darauf gewesen, meine Bestürzung hinter einer Maske aus Gleichgültigkeit verbergen zu können. Ich bewundere den katholischen Priester, der bei der Beichte den Sünder fragt: ›Du hast einen Mord begangen, mein Sohn? Nun, so sage mir, wie oft du dieser Sünde erlegen bist?‹ Also trank ich einen Schluck Gin mit Tonic, stellte das Glas auf den Tisch und sagte dann so beiläufig wie möglich: »Ach, tatsächlich? Warum? Ich meine, warum willst du dich von Beatrice trennen!«

»Weil ich glücklich sein will.«

»Ein vernünftiger Grund.«

Er kippte seinen Drink hinunter und machte dem Barkellner ein Zeichen. Doch ich winkte ab, sagte: »Der nächste geht auf meine Rechnung«, und gab die Bestellung auf, obwohl mein Glas noch halbvoll war. Als der Kellner sich wieder entfernt hatte, stellte ich die naheliegende Frage: »Und wie heißt sie?«

»Wer heißt wie?«

Ich wußte, daß seine Antwort reine Spiegelfechterei war, und er wußte, daß ich ihn durchschaute.

»Die Frau, in die du dich verliebt hast«, sagte ich. »Hör mal, ich kenne dich und Beatrice gut genug, um sagen zu können, daß eure Ehe nicht gerade unglücklich ist. Im Vergleich zu den meisten Ehen, die ich kenne, möchte ich sie sogar als ausgesprochen zufriedenstellend bezeichnen. Wer ist sie? Kenne ich sie?«

»Sie heißt Lorna«, sagte Bartels und fummelte immer noch mit dem Streichholz im Aschenbecher herum. »Lorna Dickson. Du kennst sie sicher nicht.«

Ich sagte nichts darauf. Als ich ihm erklärte, daß ich Beatrice gut leiden konnte, hatte ich die Wahrheit gesprochen; und als Bartels sagte, daß auch er sie noch mochte, da entsprach das sicher ebenfalls der Wahrheit. Beatrice war ein Mensch mit vortrefflichen Charaktereigenschaften; sie war intelligent und gewitzt, großzügig gegenüber ihrer Umgebung, umsichtig und fleißig; sie war dazu zweifellos eine Frau mit Leidenschaft und sah, wie ich schon sagte, noch immer bemerkenswert gut aus, mit ihrem roten Haar und dem zarten Teint. Obendrein war sie eine erstklassige Köchin.

Also hatte Bartels eigentlich keinen Grund zum Klagen.

Ich zweifelte keinen Augenblick daran, daß diese Dickson eine Abenteuerin war, die Bartels nun, da er sie kennengelernt hatte, keine Ruhe mehr ließ. Und daß in Bartels' Ehe der Zeitpunkt gekommen war, wo der eine oder der andere der beiden Partner sich nach Abwechslung sehnte. Ich hatte schon intelligentere, nüchternere Männer als Bartels gesehen, die solche Seitensprünge machten; und ich hatte es erlebt, wie sie die Affäre danach zutiefst bedauerten. Aber ich wußte, daß es unklug gewesen wäre, ihm in diesem Stadium von vornherein zu widersprechen.

»Sieht sie denn so gut aus?« fragte ich.

»Für mich ja. Für mich ist sie wunderschön. Was die anderen über ihr Aussehen denken, kann ich nicht sagen.«

Ich blieb reserviert und bemühte mich, nicht als Oppositionspartei zu erscheinen, als ich sagte: »Nun, wenn du sie so liebst, dann wirst du wohl tun müssen, was du sagst. Denn mit einer derartigen Situation wird sich Beatrice kaum abfinden wollen.«

»Das brauchst du mir nicht erst zu sagen.«

»Aber zweifellos kommt sie darüber hinweg«, sagte ich.

»Sicher.«

Schweigen.

Der Kellner brachte die Getränke. Als er mir mein Wechselgeld herausgegeben hatte und wieder verschwunden war, fragte ich Bartels: »Seit wann kennst du denn diese Laura?«

»Sie heißt Lorna.«

»Gut, dann also Lorna. «

»Seit ungefähr vier Monaten.«

»Solche Affären sind meist recht kurzlebig, das weißt du doch.«

Bartels schaute mir in die Augen und sagte: »Diese nicht. Das ist die eine, einzige große Liebe in meinem Leben.«

Nachdem ich ein bißchen in der Welt herumgekommen bin, habe ich mir etwas zweifelhafte Moralbegriffe angeeignet. Ich bin unter gewissen Voraussetzungen ohne weiteres bereit, zu erklären, daß der Zweck die Mittel heiligt, und ich muß noch einmal betonen, daß mir Beatrice am Herzen lag. Ich fand, daß Bartels' Entscheidung ihr gegenüber einfach unfair war.

Also sagte ich: »Warum läßt du die Sache nicht einfach noch eine Weile treiben? Du kannst doch, wenn du es unbedingt willst, auch so mit Lorna befreundet sein. Ich meine, bis du deiner Sache ganz sicher bist.«

»Du meinst, Lorna sollte meine Mätresse werden?«

»Nun, wenn du es so dramatisch ausdrücken willst – bitte. Aber der Schritt, den du da unternimmst, ist schließlich entscheidend für dein Leben. Du wirst doch selbst warten wollen, bis du ganz sicher bist, daß es der richtige Schritt ist. Immerhin geht es ja auch um Beatrice, die du damit schwer enttäuschst.«

»Ich bin mir ganz sicher.«

»So etwas verblaßt meist mit der Zeit.«

»Aber dies ist etwas ganz anderes; ich weiß genau, daß es das ist, worauf ich mein ganzes Leben gewartet habe.«

Seine Bemerkung klang so lächerlich, daß ich mich nicht zurückhalten konnte und ihm entgegnete: »Das hat noch jeder Ehemann gesagt, der einen Seitensprung machte.«

Bartels errötete. Er gab keine Antwort. Erst nach einer längeren Pause begann er wieder zu sprechen.

»Weißt du, das Problem besteht im Grunde darin, daß mich Beatrice nie geliebt hat. Niemals. Nicht einmal in der allerersten Zeit.«

»Da ist sie weiß Gott nicht die einzige. Aber Beatrice hat doch alles, was man sich von einer idealen Frau wünscht.« Ich fuhr fort und vergaß dabei meinen Vorsatz, auf keinen Fall zu opponieren. »Verdammt, sie ist bildhübsch, geschickt, klug, witzig und großzügig. Und sie ist auch noch gutherzig obendrein, selbst wenn man das nicht auf den ersten Blick bemerkt. Sie ist eine gute Frau, Barty. Ich weiß gar nicht, was du eigentlich willst.«

Bartels wandte mir den Kopf zu und musterte ein paar Sekunden lang forschend mein Gesicht. Seine hellen, intelligenten, braunen Augen hatten den verträumten und zugleich etwas spöttischen Ausdruck verloren, der mir so vertraut war. Jetzt strahlten sie – ein begeistertes, seltsames Feuer war da entfacht.

»Nun?« fragte ich.

Er holte tief Atem. Als er danach sprach, klang in seiner sonst so gesetzten und überlegten Sprechweise ein Unterton von Nervosität mit, den ich bei ihm noch nie zuvor vernommen hatte.

»Ich träumte mein ganzes Leben lang von einer Frau, die mich wirklich liebt, Pete. Vielleicht findest du so etwas lächerlich. Ich habe es noch keinem Menschen gesagt. Jedenfalls nicht, bevor ich Lorna kennenlernte. Das kommt vielleicht daher, daß man mich in meiner Schulzeit ziemlich lieblos traktiert hat. Du weißt selbst am besten, was damals geschah. Ich war ein Junge, der ein bißchen komisch aussah. Und gerade deshalb träumte ich um so öfter davon, weil es mir unwahrscheinlich vorkam, daß sich überhaupt jemals ein Mädchen in mich verlieben würde. Bestimmt klingt das ziemlich lächerlich.«

»Keineswegs«, antwortete ich mit leiser Stimme. »Nein, ich glaube, ich verstehe dich sehr gut, Barty.«

Ich wich seinen Blicken aus, fühlte, wie er mich anstarrte, und wußte, daß ein falscher Gesichtsausdruck, eine falsche Betonung ihn sofort zum Schweigen bringen würde. Wenn ein Mann zu einem anderen Mann von Liebe spricht, von seinen innersten Gefühlen, dann muß man sehr behutsam sein, den Atem anhalten und die Daumen drücken, daß er nicht scheut und davongaloppiert wie ein erschrecktes Pferd.

»Ich habe Beatrice meinen Antrag gemacht, als wir am Ufer eines Flusses saßen. Es war ein schöner, warmer Tag im Mai. Wir saßen auf einem Baumstamm, warfen kleine Zweige in den Fluß, und ich bat sie, meine Frau zu werden. Sie zögerte eine Weile, dann sagte sie ja. Also küßte ich sie.« Er lächelte. »Komisch, dieser Verlobungskuß. Sie hat mich keineswegs geküßt: Sie hat nur gestattet, daß ich sie küßte. Ich glaube, schon damals wußte ich, daß ich einen Fehler gemacht hatte. Aber ich wollte es nicht zugeben. Ich dachte, ich könnte sie dazu zwingen, daß sie mich liebte. Nun, das war wohl eine dumme Idee.«

Jetzt hatte er seine Nervosität offenbar überwunden und sprach wieder ruhig und fließend.

»Ich hätte nicht gedacht, daß Beatrice eine kalte Frau ist«, sagte ich. »Auf den Gedanken wäre ich nie gekommen.«

»Sie ist ja auch gar nicht kalt. Im Gegenteil, sie ist sehr leidenschaftlich. Das habe ich schon vor der Heirat gemerkt, obwohl wir bis dahin nie miteinander geschlafen haben. Wenn sie sich erst einmal entschieden hatte, sich mir hinzugeben, dann konnte sie sehr leidenschaftlich sein – aber nur körperlich. Nur körperlich, Pete. Das ist der springende Punkt.«

»Vielleicht liebt sie dich, ohne daß du es bisher gemerkt hast.«

Bartels schüttelte den Kopf. »Nein, nein.« Er zögerte, dann fügte er hinzu: »Es war nichts weiter als Sex. Weißt du, sie hat mich mit dem Kopf geheiratet, nicht mit dem Herzen, und sie fragt sich seitdem immer wieder, ob sie es richtig gemacht hat.«

Er lachte verlegen, als schäme er sich über dieses Eingeständnis, dann lehnte er sich zurück. Eine Weile ließ er seine Blicke durch die Cocktailbar wandern. Erst dann begann er wieder zu sprechen.

»Ich erinnere mich genau, wie ich einmal, es liegt schon Jahre zurück, in scherzhaftem Ton zu ihr sagte: ›Ich glaube, du hast mich nur geheiratet, weil ich von allen deinen Verehrern derjenige war, der finanziell am besten gesichert zu sein schien. Ich hatte ein kleines, privates Einkommen, die Aussicht auf eine gute Stellung bei einer großen Firma, und mit mir würdest du in London leben können. Deine sonstigen Freunde hatten in der Hinsicht nicht so viel zu bieten, oder?‹« Er lächelte ein wenig gezwungen. »Beatrice kann nicht lügen. Sie macht erst gar nicht den Versuch. Sie ist viel zu ehrlich, weißt du.«

Ich nickte. »Zu ehrlich, zu stark und zu mutig.«

»Sie gab mir zur Antwort: ›Sagen wir einmal, ich mochte dich lieber als die anderen. Und heute liebe ich dich wirklich.‹ Ich zweifle nicht einmal daran, daß sie mich auf ihre Art liebt. Und daß sie heute mehr an mir hängt als damals, bei unserer Heirat.«

»Sie hat dir alles gegeben, was sie geben konnte. Es ist schließlich nicht ihre Schuld, wenn sie nicht für die romantische Liebe geschaffen ist, die du dir erträumst.« Und da er keine Anstalten machte, mir zu antworten, fügte ich hinzu: »Wir alle müssen unsere Wünsche ein wenig zurückstecken. Man kann nicht alles haben, Barty.«

Er schüttelte den Kopf und schwieg. Und daraus erkannte ich, daß diese Lorna Dickson, wer immer das sein mochte, das Spiel bereits gewonnen hatte. Vielleicht war sie ein billiges, kleines, geschminktes Püppchen, vielleicht war sie eine gepflegte Frau von Welt – aber wer sie auch war, sie hatte gewonnen, und Beatrice hatte verloren.

Betrübt stellte ich fest, wie ungünstig die Gewichte in solch einem Dreiecksverhältnis verteilt sind.

Die andere Frau weiß genau, daß die Schlacht im Gange ist. Die Ehefrau hat keine Ahnung. Die andere Frau setzt ein, was sie zu bieten hat: Sie will gefallen, sie bemüht all ihren Charme, sie schmeichelt, gibt sich verführerisch.

Die nichtsahnende Ehefrau benimmt sich wie ein normaler Mensch: Sie ist manchmal freundlich und nett, manchmal schlecht gelaunt, kritisch oder verärgert. Und sie wird ständig von ihrem Mann beobachtet, der sie mit der anderen, diesem scheinbaren Musterbeispiel für weibliche Tugenden, vergleicht.

Ich hörte, wie Bartels noch einmal versuchte, mir seinen Standpunkt klarzumachen. »Du siehst, Beatrice hat mich nie wirklich geliebt. Lorna ist ganz anders als sie.«

Ich wandte mich ihm zu, wollte sagen, daß er doch kein kleiner

Junge mehr sei und sich gefälligst wie ein erwachsener Mann benehmen solle – doch ich hatte keine Gelegenheit mehr, es ihm zu sagen, weder damals noch später.

Ich bemerkte, wie sich seine Haltung ein wenig versteifte, wie er sich gerade hinsetzte, während sich seine Blicke in einer Weise veränderten, wie ich es noch nie bei einem Mann gesehen hatte, obwohl er nicht der erste verliebte Mann war, der mir in meinem Leben begegnet ist.

Ich werde nicht versuchen, diese Veränderung zu beschreiben. Aber es wäre selbst einem gefühllosen Menschen aufgefallen, daß sich seine magere Gestalt, seine wenig beeindruckende Haltung, sein etwas komisches Gesicht mit dem zu weiten Mund und der dikken Brille wie durch geheimnisvollen Zauber verwandelte. Philip Bartels war in diesen Augenblicken zu einem attraktiven, ja ich möchte fast sagen, zu einem schönen Mann geworden.

Als er aufstand, vergaß man seine mickerige Figur, den unansehnlichen Haarschopf auf seinem Schädel, bei dem immer eine einzelne Locke nach oben stand. Man vergaß alles bis auf die innere Schönheit, die dieser Mann in dem Augenblick ausstrahlte. Eine Begeisterung, die nichts mit gewöhnlicher Lust, mit Gier oder mit Selbstbestätigung zu tun hatte.

An sich kein unverständlicher Vorgang. Wenn der Haß ein schönes Gesicht zu einer häßlichen Maske zu verzerren vermag, dann kann auch die Liebe einen von Natur aus häßlichen Menschen attraktiv machen. Die Liebe, die Philip Bartels ausströmte, ließ sein eher häßliches Gesicht beeindruckend und schön werden.

Also wußte ich, ohne daß er es mir zu sagen brauchte, daß Lorna Dickson in die Cocktailbar gekommen war. Ich hatte sie nicht erwartet, war sogar über ihr Auftreten erschreckt und verwirrt, aber ich wußte genau, daß ich sie in der nächsten Sekunde kennenlernen würde.

Und so machte ich die Bekanntschaft mit Lorna Dickson.

Sie trug, wie ich mich erinnere, ein graues Schneiderkostüm, aber ich schenkte ihrer Kleidung keine große Aufmerksamkeit. Ich wurde von vielen anderen Dingen abgelenkt, die sich mir weit bedeutungsvoller einprägten.

So werde ich niemals die Grazie ihrer Bewegungen vergessen, als sie auf uns zukam; den ruhigen, freundlichen Blick in ihren blaugrauen Augen, als mich Bartels ihr vorstellte; die lebhafte Mimik ihres Gesichts, wenn sie lächelte, die Lachfältchen in ihren Augenwinkeln.

Nein, das war keine billige, kleine, geschminkte Puppe, sondern eine reife Frau Anfang dreißig, anmutig, charmant, mit brünetten Locken, einer schlanken Gestalt, einem gut geschnittenen Gesicht, einem vollen, breiten Mund.

Aber vor allem beeindruckte mich bei diesem ersten, gemeinsamen Lunch ihre innere Schönheit, die genau der Schönheit Bartels' entsprach, als dieser sie zuerst gesehen hatte. Aber während bei ihm diese Schönheit erst durch ihren Anblick ins Leben gerufen wurde, schien mir Lornas Schönheit unvergänglich und unwandelbar zu sein.

Lorna! Geliebte, süße, wunderbare Lorna!

Du hättest lieber dein ganzes Leben in düsterer Einsamkeit verbracht, als den Anstoß zu all diesen Leiden zu geben. Das weiß ich genau. Du hättest dich tapfer von uns ferngehalten, wenn du gewußt hättest, wie sich die Dinge entwickeln würden.

Aber du konntest es nicht ahnen. Du kamst in aller Unschuld ins Café Royal, um mit uns zu essen. Und von da an konnte all deine Großmut, all deine Selbstlosigkeit den Verlauf der Entwicklung nicht mehr hemmen.

Jetzt ist alles vorüber: der schreckliche Druck, die schmerzliche Belastung, der Kampf und die Tränen. Übriggeblieben ist nur noch der Friede, Friede für uns alle. Auch für mich; obgleich dieser Friede manchmal noch durch schmerzliche Gewissensbisse gestört wird, Gewissensbisse über die hinterhältige Art und Weise, wie ich mich gegenüber meinem besten Freund verhalten habe.

Vielleicht hätte ich anders gehandelt, damals, nach meinem ersten Zusammentreffen mit Lorna Dickson, wenn ich gewußt hätte, was daraus entstehen würde. Aber ich bezweifle es; nein, ich weiß, daß ich ganz genauso gehandelt hätte.

So stark war meine Liebe zu Lorna, eine Liebe, die urplötzlich aufloderte, als ich mit Lorna und mit Bartels in aller Freundschaft zu Mittag aß.

6

Heute ist mir vieles klar. Ich weiß zum Beispiel, daß Bartels am Tag nach diesem gemeinsamen Mittagessen abends nach Hause kam mit dem festen Entschluß, Beatrice um die Scheidung zu bitten – trotz allem, was ich ihm vorgehalten hatte.

Es war typisch für seine offenherzige, unbefangene Haltung den Frauen gegenüber, daß er nicht mit einem erbitterten, langen Kampf rechnete, obwohl er sich zweifellos vor dieser Aussprache scheute. Aber er dachte, Beatrice sei zu stolz, zu stark, zu unabhängig, als daß sie versuchen würde, ihn zu halten.

Sicher, er rechnete damit, daß sie kämpfen würde, vielleicht sogar mit Zähnen und Klauen, aber er nahm an, sie würde den Kampf nach einem letzten wütenden Ausbruch aufgeben; sie war immerhin eine temperamentvolle Frau.

Ich dagegen rechnete zwar auch mit einem Kampf, aber ich glaubte nicht, daß Beatrice so schnell aufgeben würde. Sie hatte einfach zu viel zu verlieren.

Ich nahm an, er mußte sich erst eine Weile von ihr trennen und dann darauf warten, daß die Zeit für ihn arbeitete. Das hatte ich ihm auch bei jenem denkwürdigen Mittagessen gesagt, nachdem sich Lorna von uns verabschiedet hatte. Aber er wollte mir nicht glauben.

Der Abend des darauffolgenden Tages begann keineswegs ungewöhnlich; Bartels und Beatrice sahen einen Film im Fernsehen. Das Programm war um 22.15 Uhr zu Ende. In dem Film spielte eine Liebesaffäre die entscheidende Rolle, und als er zu Ende war, ging Beatrice hinaus, um sich und Bartels Tee aufzubrühen.

Bartels wartete darauf, daß Beatrice über den Fernsehfilm zu sprechen begann. Sie schenkte ihm den Tee ein, reichte ihm seine Tasse, saß da, trank einen Schluck und schaute ins Feuer des offenen Kamins. Fünf Minuten vergingen, und er dachte schon, daß die Gelegenheit, auf die er so sehnlich wartete, vorüber sei.

Er überlegte sich, wie er sie auf das Thema bringen konnte, das er mit ihr besprechen wollte. Jetzt, wo der Augenblick nahe war, fühlte er sich traurig und nervös zugleich, wie immer, wenn er daran dachte, daß er einem anderen Wesen Schmerzen und Enttäuschungen bereiten mußte.

Dann plötzlich begann Beatrice über den Film zu sprechen.

»Ich glaube einfach nicht an diese großartigen Leidenschaften, an die alles verzehrenden Flammen, über die die Autoren immer schreiben«, sagte sie ein wenig ärgerlich. »So etwas passiert vielleicht einmal unter Millionen von Fällen, aber ich glaube nicht, daß es für den Durchschnittsmenschen jemals zur Wirklichkeit wird.«

Sie saß in ihrem Lehnstuhl, rührte den Tee um und schaute ins Feuer.

Es war einer ihrer beliebten Streitpunkte, den sie immer wieder hervorzerrte und mit allen möglichen Leuten diskutierte – vermutlich ihr unbewußter Versuch, sich selbst zu rechtfertigen, weil sie geheiratet hatte, ohne ihren Mann in dieser Weise geliebt zu haben. Und auch diesmal erwartete sie von Bartels, daß er ihr beipflichtete.

Sie sagte erwartungsvoll: »Glaubst du nicht, daß ich recht habe, Barty? Bist du nicht auch der Meinung, daß die meisten Leute die Liebe durch einen rosaroten Nebel aus Selbstbetrug betrachten?«

Bartels holte tief Atem. »Nein, das glaube ich nicht«, sagte er dann entschieden. »Ich glaube an die Liebe.«

Beatrice griff hinüber zu dem kleinen Tischchen und nahm sich eine Zigarette aus der silbernen Dose. Das Licht der Stehlampe fiel auf ihr rotes Haar und auf ihren zarten, hellen Teint. Sie sah sehr jung und sehr zerbrechlich aus, und weil sie sehr leise sprach, wirkte sie irgendwie hilflos und schwach. Aber Bartels erstickte die Mitleidsgefühle im Keim und sagte: »Du denkst nur deshalb so, weil du noch nicht den richtigen Mann kennengelernt hast. Wenn du dem einmal begegnest, wirst auch du es fühlen.«

Sie schüttelte den Kopf. »Ich habe einfach nichts für Schmeicheleien, für das gegenseitige Anschmachten übrig, weil ich nichts dabei empfinde. Ich kann nichts dafür, aber ich glaube, das ist bei mir einfach nicht drin. So bin ich nun mal. Ich empfinde körperliche Leidenschaft, Zuneigung, Kameradschaft – das ist alles.«

»Wenn du einen Menschen wirklich liebst«, sagte Bartels, »dann willst du ihm alles geben, willst ihn beschützen, und natürlich willst du auch für ihn sorgen. Aber vor allem willst du geben, geben, geben.«

»Für mich ist das eine Art von Magie, an die ich nicht glaube.«

Bartels entgegnete: »Magie? Ja, sicher, es ist etwas Unfaßbares. Nenne es meinetwegen Magie. Dennoch: ein Zauber, der gar nicht so selten vorkommt.«

»Für mich bedeutet Liebe nur das eine.«

»Was denn?«

»Sex.«

»Das Bett?«

»Jawohl, das Bett«, entgegnete Beatrice. »Alles übrige, die romantischen Träume, der schöne Selbstbetrug, den du als den Wunsch zum Geben bezeichnest, das ist doch nur Mittel zum Zweck. Und der Zweck ist das Bett. Liebe ist, wenn zwei miteinander ins Bett gehen. Darüber hinaus gibt es nur ein Gefühl der Kameradschaft, der Zusammengehörigkeit.«

Selbst Bartels hatte sie nie zuvor so illusionslos erlebt. Er war schockiert und überrascht. Und er schüttelte den Kopf.

»Da täuschst du dich«, sagte er. »Du täuschst dich gewaltig.«

Er fühlte das dringende Bedürfnis, sie davon zu überzeugen, daß sie auf dem falschen Gleis war. Es erschreckte ihn, daß sie so über das Verhältnis zwischen zwei Menschen dachte.

Plötzlich und unerwartet, wie so oft, sagte sie: »Aber ich liebe dich zweifellos – wenn auch auf meine eigene Art. Wirklich, Barty.«

»Du liebst mich?« Er lächelte gequält. »Vielleicht.«

»Ich vergöttere dich nur nicht so, wie du es vielleicht gern haben möchtest, weil ich stets versuche, die Menschen mit den Augen der Wahrheit zu betrachten. Ich glaube, die Wahrheit, die Wirklichkeit ist das Wichtigste. Das ist keine sehr bequeme Einstellung. Denn man ist dadurch gezwungen, auch sich selbst wahrheitsgemäß und ohne Beschönigung zu betrachten. Das ist nicht immer angenehm. Dennoch versuche ich, auch mir gegenüber aufrichtig zu sein.«

»Das ist dir bis jetzt hervorragend gelungen. Vielleicht sogar zu gut.«

Die kleine Uhr auf dem Kaminsims schlug elf, ein melodischer, harmonischer Klang. Bartels fühlte sich jetzt wieder ganz nüchtern und kühl, er war bereit zu dem Stoß, den er ihr versetzen wollte. Mit merklicher Anstrengung verbannte er alle Gefühle aus seinen Gedanken, alles Mitleid aus seinem Herzen.

Er hörte, wie Beatrice gerade sagte: »Du hättest eine andere

Frau heiraten sollen, Barty. Ich liebe dich, aber es ist nicht die Liebe, die du dir erträumst. Du hättest eine weichere, gefühlvollere, weiblichere Frau heiraten sollen. Das, wonach du dich am meisten sehnst, kann ich dir nicht geben. Ich versuche es, aber ich kann nicht. Das ist die Tragödie. Aber ich habe dir alles gegeben, was ich dir geben konnte. Ich habe versucht, dir eine gute Frau zu sein.«

»Du bist mir stets eine gute Frau gewesen.«

Jetzt, dachte Bartels, soll ich es ihr jetzt sagen? Ein paar Sekunden lang lagen ihm die Worte schon auf der Zunge, doch statt dessen sagte er: »Es ist immer riskant für eine Frau, die von ihrem Verstand gelenkt wird, einen Mann zu heiraten, der nach seinem Herzen entscheidet. Ich meine, ich bin daran mindestens ebenso schuld wie du. Aber so ist das nun eben. Du hast sehr viel für mich getan«, fügte er schnell hinzu.

»Habe ich das?« fragte Beatrice. »Ich weiß nicht.«

»Aber eine Frau, die viel für ihren Mann tut, zahlt auch einen hohen Preis dafür.«

Beatrice blickte auf. »Was willst du damit sagen?«

»Ach, das ist alles zu kompliziert. Reden wir nicht mehr davon. Kann ich noch eine Tasse Tee haben?«

Er wußte, daß er damit riskierte, daß sie das Thema fallenließ, aber da er sie kannte, schätzte er dieses Risiko nicht allzu hoch ein. Sie nahm seine Tasse, goß sie voll und schaute ihn dann erwartungsvoll an. »Was ist das für ein Preis, den sie bezahlen muß? Sag es mir.«

»Reden wir nicht mehr davon«, wiederholte er.

»Nein, du sollst es mir jetzt sagen.« Sie reichte ihm die Tasse und blickte ihm in die Augen.

»Nun, ich bin der Ansicht, eine Frau verfährt mit den Männern nicht selten wie eine Amsel mit einer Schnecke. Sie springt herum, sieht einen Mann, bleibt stehen, überlegt, den Kopf auf die Seite geneigt, und dann schnappt sie zu, holt sich die Schnecke aus ihrem schützenden Haus und verschlingt sie. Eine Frau ist immer bestrebt, einen Mann in eine bestimmte Form zu pressen, die ihrer Vorstellung vom Idealmann entspricht, und sie schmeichelt ihm, bittet ihn und wendet ihre sämtlichen, kleinen Tricks an, bis sie ihn ihren Wünschen entsprechend verändert hat. Dann lehnt sie sich zurück und genießt die Früchte ihrer Anstrengungen. Aber sie vergißt den Preis, den sie dafür zu bezahlen hat: den Preis dafür, daß sie seine Persönlichkeit unterdrückt hat. Denn nun ist ein Schmelzprozeß in Gang gekommen. Wenn er sich jetzt für eine andere Frau entscheidet, ist sie überrascht und zutiefst verletzt. Sie sieht ihn so, wie er zuvor gewesen ist, und so, wie sie ihn verändert hat – ein durch ihre Mühe verbessertes Produkt. Ein Produkt, das nun eine andere genießen wird. Ich gebe zu, daß das für sie ziemlich quälend sein muß.«

Beatrice saß da, die Hände im Schoß gefaltet, die Blicke gesenkt, und schwieg. Bartels dachte, sie überlege sich gerade eine Konterattacke, einen letzten Sturmangriff. Darauf war er vorbereitet. Das war es, was er erhoffte. Doch statt dessen sagte sie ganz leise: »Du bist sentimental und romantisch, und ich bin es nicht. Du hättest eine andere Frau heiraten sollen. Ich weiß, daß du mich nicht mehr liebst. Du kannst mich vielleicht gut leiden, du brauchst mich, du kannst nicht ohne mich leben, aber du liebst mich nicht. Nicht mehr.«

Das war der entscheidende Augenblick.

Aber er brachte es einfach nicht fertig. Er konnte die Worte nicht aussprechen, weil er sah, daß sie leise weinte. Sie saß kerzengerade auf ihrem Sessel vor dem Kamin, drückte sich das Taschentuch gegen die Nase, und ihr Gesicht verzog sich wie das eines kleinen Mädchens; ihre Mundwinkel zitterten, weil sie das Schluchzen unterdrücken wollte.

»Ich bin ein zu starker Charakter für dich«, flüsterte sie. »Ich weiß, jetzt weine ich, und das ist nicht unbedingt das Zeichen eines starken Charakters. Aber dennoch weiß ich, wie ich bin. Du bist der Typ, der hilflose Frauen liebt. Das ist die Wahrheit, mein Lieber.«

Eine kleine Welle des Mitleids näherte sich dem Damm, den Bartels rings um sein Herz errichtet hatte. Er sah, wie sie sich näherte, beobachtete sie voll tiefer Unruhe und versuchte, den Damm zu verstärken und höher zu bauen.

Wenn sie ihn schon nicht liebte, hätte sie ihn auch nicht heiraten dürfen. Das war einfach unfair. Wenn sie ihn heiratete, dann mußte sie auch bereit sein zu geben. Er mußte sie verlassen. Er mußte sie verlassen, weil Lorna ihn brauchte. Lorna, die ohne ihn einsam und verlassen war, Lorna, die er ebenso zum Leben brauchte wie sie ihn. Und im Grunde geschah es Beatrice nur recht.

Sie hätte mich nicht heiraten dürfen, wiederholte er immer wieder. Sie hätte es nicht tun dürfen.

Plötzlich vergrub Beatrice das Gesicht in den Händen. Ihre Schultern zuckten; jetzt konnte sie die Tränen nicht länger zurückhalten. Aber er vernahm keinen Laut, hörte nur, wie sie zwischendurch kurz und heftig atmete.

Die Welle umspülte den Fuß der Barriere, untergrub das Fundament, zog sich zurück und kehrte mit neuer, zerstörerischer Kraft wieder. Er brauchte nur von seinem Sessel aufzustehen und die zwei Schritte zu ihr hinüberzugehen, sich neben sie zu setzen und sie in seine Arme zu nehmen, ihr zu sagen, daß sie sich irrte, und sie würde ihm glauben, weil sie ihm glauben wollte. So einfach konnte er ihren Schmerz stillen.

Beatrice sagte mit erstickter Stimme: »Ich versuche, mein Bestes zu tun, Lieber. Aber es ist nicht leicht.«

Mitleid, Mitleid, Mitleid.

Die Fliege im Weinglas, der Weberknecht am Fenster, der Schmetterling im Kaminfeuer. Mit Entsetzen und einer schrecklichen Vorahnung sah Bartels, wie die Welle die Krone des Dammes erreichte und ihn überspülte. Dann war das Meer des Mitleids um ihn, schlug über ihm zusammen, und er wußte, daß er verloren hatte. Er stand auf und ging zu ihr. Dabei bewegte er sich langsam und schwerfällig.

Ich nehme an, er legte ihr den Arm um die Schultern und sagte ihr, daß sie sich irrte und daß er sie liebte, und zugleich ahnte er, wenn auch noch sehr verschwommen und undeutlich, daß er sie vielleicht eines Tages würde töten müssen.

Am folgenden Tag, es war der 14. Februar, stattete er, wie alle vierzehn Tage, seiner Tante Emily einen Besuch ab. Tante Rose, in ihrem Recht verharrend bis zum letzten Atemzug, war ein paar Jahre zuvor gestorben, und Onkel James, der sich ohne ihr beherrschendes Wesen einsam und verlassen vorkam, war knapp ein Jahr danach an ihrer Seite begraben worden.

Aber die Köchin war noch immer bei Tante Emily, begrüßte ihn in der gewohnten, ruppigen Weise und teilte ihm mit, daß Emily gerade außer Haus sei, jedoch in einer halben Stunde zurückerwartet werde. Gleich danach verschwand die Köchin wieder in der Küche.

Bartels ging ins Wohnzimmer und warf einen Blick in die Zeitung, rauchte eine Zigarette dazu. Aber die Lektüre interessierte ihn nicht. Er legte die Zeitung zur Seite und schaute sich in dem Zimmer um; dann stand er auf und ging zum Bücherschrank mit den Glastüren, in dem Emily noch immer die wissenschaftlichen Bücher ihres verstorbenen Gatten aufbewahrte, der zu seinen Lebzeiten Arzt gewesen war.

Die beiden unteren Fächer enthielten eine Sammlung von Romanen, Bestseller aus der Zeit vor 1914 bis hin zu den Werken von Edgar Wallace und P. G. Wodehouse. In den oberen Fächern standen dicke medizinische Lehrbücher, ein paar wissenschaftliche Werke über die Geschichte der Medizin, ein französisches und ein deutsches Wörterbuch.

Zwischen den beiden Wörterbüchern steckte ein rotes Buch mit dem Titel ›Gerichtsmedizin und Toxikologie‹.

Bartels öffnete den Bücherschrank und nahm das Buch heraus.

Die Mentalität des Giftmörders war Bartels immer ein Rätsel gewesen. Er hatte häufig mit mir über die Todesstrafe gesprochen. Bartels war ihr leidenschaftlicher Gegner gewesen, hatte jedoch einige besondere Fälle ausgenommen. Er war der Meinung, daß in den meisten Fällen das Mordopfer gar nicht wußte, daß es sterben würde. Und seiner Ansicht nach verdienten nur diejenigen Mörder die Todesstrafe, die ihr Opfer vor dem Mord noch sadistisch lange peinigten und ihnen Angst und Schrecken einflößten.

»Bei Giftmördern ist das ganz anders«, hatte er einmal zu mir gesagt. »Ich kann einen Mann einfach nicht begreifen, der seine Frau vergiftet. Stell dir doch um Himmels willen die Mentalität eines Menschen vor, der sieht, wie seine Frau am Morgen erwacht, der hört, wie sie sagt, sie fühle sich heute ein wenig besser, und der dann heimlich eine weitere Dosis Gift in ihren Frühstückstee gibt.«

Zweifellos war es lediglich eine etwas morbide Faszination, die ihn veranlaßte, das Buch aus dem Schrank zu nehmen, sich damit hinzusetzen und es durchzublättern.

Er informierte sich über einige der bekannteren Gifte und über die Reaktionen, die von ihnen ausgelöst wurden.

Die *Salzsäure*, eine wäßrige Lösung von Chlorwasserstoff, HCl, ist ein starkes Ätzmittel. Die Vergiftungssymptome gleichen denen der Schwefelsäure, wenngleich sie weniger stark zu beobachten sind. Die kleinste für den Menschen tödliche Menge, die man bisher festgestellt hatte, bestand in einem Teelöffel konzentrierter Salzsäure. Der Tod tritt in der Regel zwischen achtzehn und dreißig Stunden ein ...

Oxalsäure: Wenn die Oxalsäure in gefährlichen Mengen eingenommen wird, zeigen sich lokale Effekte, die denen der meisten Mineralsäuren ähnlich sind. Zudem aber stellt sich bei der Oxalsäure ein besonderer Einfluß auf Herz und Nervensystem ein. Die geringste tödliche Dosis bestand in 60 Gran Oxalsäure, die in fester Form eingenommen wurden und bei einem sechzehnjährigen Jungen zum Exitus führten. Der Tod trat innerhalb von zehn Minuten ein, doch kann sich dieser Zeitpunkt erfahrungsgemäß bis zu mehreren Tagen verschieben ...

Bariumchlorid wird nicht selten irrtümlicherweise statt Natron eingenommen, aber auch in selbstmörderischer Absicht in Form von Rattengift, in dem es in Zusammensetzung mit einigen, weiteren giftigen Substanzen enthalten ist ...

Akute Arsenvergiftung ...

Gelangweilt blätterte Bartels um. Das Buch war hölzern und schlecht geschrieben. Er stellte es zurück in den Schrank. Daneben sah er ein kleineres Werk in blauem Umschlag mit dem Titel ›Toxikologie. Ein Handbuch für den praktischen Arzt‹. Er nahm es aus dem Schrank und setzte sich damit wieder in seinen Sessel.

Vielleicht erinnerte er sich, daß er in meiner Dunkelkammer unter den Chemikalien eine Flasche mit Altrapein gesehen hatte. Jedenfalls las er den Absatz, der sich mit diesem Gift befaßte, mit größerem Interesse durch.

Altrapein, so stand da, ist ein synthetisches Gift auf Zyanidbasis. Ein weißes Pulver, geruch- und geschmacklos, leicht wasserlöslich. Es wirkt außergewöhnlich schnell und meist tödlich, wobei vor allem die Herztätigkeit beeinflußt wird. Die Todesumstände gleichen in vieler Hinsicht den Erscheinungen, wie sie bei einer Coronarthrombose zu beobachten sind. Schmerzen treten dabei kaum oder gar nicht auf. Der Tod tritt innerhalb von Sekunden ein, die tödliche Dosis betrug bei einer vierzigjährigen Frau nur einen halben Teelöffel. Dieses Gift ist außergewöhnlich schwer bei einer Obduktion zu erkennen.

Bartels legte das Buch zur Seite und ließ seine Blicke durch das Wohnzimmer wandern. Er erinnerte sich, wie sein Hausarzt, Dr. Anderson, einmal gesagt hatte, daß eine Herzthrombose zu den gnädigsten aller Todesarten zählt. Das war damals, als Beatrice unerklärliche Schmerzen auf der linken Brustseite verspürte, und der Arzt hatte halb scherzend, halb ernsthaft gemeint, sie werde doch keine Angina pectoris haben – in ihrem Alter.

Dr. Anderson hatte auch noch etwas geäußert, in der gesprächigen Art, welche Hausärzte meist an sich haben. Er meinte, daß eine Herzthrombose ohne weiteres Angina pectoris hervorrufen könne.

Wenn also Beatrice ... Was? Er hielt den Gedanken an, versuchte, ihn zu vertreiben. Aber er kam zurück, hartnäckig und unerbittlich, und zwang ihn, die Idee bis zum Ende zu durchdenken. Wenn Beatrice eines plötzlichen Todes starb, unter Umständen, die auf eine Herzthrombose schließen ließen, würde sich Dr. Anderson zweifellos erinnern, daß er schon einmal eine Herzthrombose bei seiner Patientin vermutet hatte ... Ja, die Erscheinungen würden nur seine frühere Diagnose bestätigen.

Er las den Absatz ein zweitesmal durch und runzelte die Stirn.

Ein paar Sekunden später hörte er, wie seine Tante die Treppe herunterkam ins Souterrain. Bartels stand rasch auf, ging zum Bücherschrank und stellte das Buch wieder an seinen Platz.

Gleich darauf betrat Tante Emily das Wohnzimmer und stieß ihren wohlbekannten Begrüßungsschrei aus. Sie hob die Hände in gespielter Überraschung, bemühte sich um einen Ausdruck des Entzückens, drückte Bartels je einen feuchten Kuß auf beide Wangen und rief: »Meine Güte! Meine Güte! Da ist doch wohl nicht unser lieber Phil? Schön, schön, schön.«

Ihr gutmütiges, ovales Gesicht zerfloß in Lächeln. Und sie schaute ihn hingerissen und erwartungsvoll an. Er wußte, daß sie schon in ein paar Minuten vertrauliche Informationen über die Haussen und Baissen am Aktienmarkt von sich geben würde, denn sie hielt sich für eine gute Geschäftsfrau, oder sie würde ein längeres Klagelied über die Schwierigkeiten mit ihren verschiedenen Mietern anstimmen. Bartels hörte ihr zu, ohne auf ihre Worte zu achten, und wieder einmal fragte er sich, weshalb er überhaupt hierhergekommen war.

Zwischen ihnen gab es so gut wie keine gefühlsmäßige Bindung, hatte es nie eine solche gegeben, schon damals nicht, als er, ein einsamer und verängstigter kleiner Junge, in ihr Haus aufgenommen wurde.

Sie hatte ihn freundlich und nett behandelt, jedoch mit dem zerstreuten Wohlwollen von Menschen, die sich im Grunde nur um ihre eigenen Angelegenheiten kümmerten. Darüber hinaus gab es keine Beziehungen zwischen Bartels und seinen Verwandten. Seine Gefühle hatten sich mehr und mehr verkapselt, und auch Beatrice war es nicht gelungen, den Schlüssel zu seiner Seele zu finden.

Aber er brachte es einfach nicht übers Herz, gar nicht mehr zu Besuch zu kommen, obwohl Tante Emily mittlerweile sehr gealtert und immer exzentrischer geworden war – ja, vielleicht kam er gerade deshalb alle zwei Wochen zu ihr und hörte ihrem sinnlosen und uninteressanten Geplapper zu. Er fühlte genausowenig für sie, wie sie für ihn empfand, aber sein Besuch gehörte zu ihrem Lebensrhythmus, war eines der wenigen, realen Dinge in ihrem immer unrealistischer werdenden Leben.

Die Tanten Emilys auf dieser Welt, dachte er mit Bitterkeit, hatten niemals wirkliche Freunde, höchstens ein paar Verwandte, die sie so nahmen, wie sie waren. Sie bewegten sich, voll Schrullen und ohne Ziel, auf das Grab zu, und niemand trauerte um sie, wenn sie schließlich starben.

Ein normaler Mensch würde mit den Schultern zucken und sagen, das sei schließlich ihre eigene Schuld, und damit hätte er sogar recht.

Aber wenn man nicht ganz so normal war, wenn man Mitleid empfand, quälendes Mitleid mit diesen Kreaturen, und wenn man vor seinen eigenen Gedanken Angst hatte, dann kam man eben alle vierzehn Tage auf Besuch, ließ sich langweilen oder verärgern – nur deshalb, weil es einfacher war, diese unangenehme Pflicht zu erfüllen, als zu Hause zu bleiben und sich von Gewissensbissen plagen zu lassen.

Und während er ihren Worten zuhörte, ohne deren Sinn zu erfassen, sagte eine Stimme in seinem Inneren: ›Altrapein. Dieses Gift wirkt schnell und meist tödlich ... ist außergewöhnlich schwer bei einer Obduktion zu erkennen. Die Todesumstände gleichen in vieler Hinsicht den Erscheinungen, wie sie bei einer Coronarthrombose zu beobachten sind ...‹ Das war es, was er in dem Buch gelesen hatte.

7

Es ist gar nicht so schwierig, sich rein theoretisch mit Mordplänen zu befassen, aber dann tritt bei den meisten Menschen eine Gedankenpause ein zwischen der völlig unpersönlichen Betrachtung der Tat und der Vorstellung, es könnte auch nur eine entfernte Möglichkeit bestehen, diese Pläne in die Wirklichkeit umzusetzen.

Wieder braucht der Verstand eine Weile, bis er sich an den Gedanken gewöhnt; der uns allen von Geburt an eingetrichterte Sozialsinn gerät instinktiv in Aufruhr, und es dauert einige Zeit, bis man ihn beschwichtigt und betäubt hat; man muß alle Möglichkeiten, die dafür und dagegen sprechen, genau abwägen, und schließlich braucht man auch noch eine gehörige Portion Mut, um eine Tat zu begehen, an deren Ende immerhin die Todesstrafe oder lebenslange Haft stehen kann.

Für einen Mann von Philip Bartels' Temperament und Vorstellungskraft kommt dann anschließend noch ein seltsames Intermezzo. Die Gefühle, die zum Entschluß führten, sind bewältigt, aber die weitaus stärkeren Emotionen, die in der Tat selbst liegen, stehen noch bevor. Und zwischen Plan und Ausführung betrachtet der Ehemann – für den Fall, daß es sich um Gattenmord handelt – seine Frau mit einer seltsamen Objektivität.

Der Haß ist vorüber, denn der Täter weiß, daß die Ursache für diesen Haß in Kürze beseitigt wird.

Die Geldgier ist gestillt – vorausgesetzt, es handelt sich um einen Mord aus finanziellen Motiven –, denn bald wird er über das gewünschte Vermögen verfügen können. Und wenn die Sehnsucht nach einer anderen Frau die treibende Kraft ist, so wird diese Sehnsucht weitgehend abgeschwächt, da der Täter ja weiß, daß ihm die Erfüllung seiner Träume winkt.

Er beobachtet sein Opfer also in sehr objektiver Weise; er sieht seiner Frau bei den täglichen Pflichten im Haushalt zu, betrachtet sie, wie sie die Wohnung pflegt, die Betten macht, beobachtet sie, wie sie abends ein Stündchen im Lehnstuhl sitzt und liest oder näht und Radio hört; er registriert ihre kleinen, unbedeutenden Pläne für die nächsten Tage, hört, was sie sich für ein Kleid kaufen möchte, wen sie zum Tee einladen, was für einen Film sie sich ansehen will.

Und die ganze Zeit über denkt er: Du wirst diese Arbeit nicht mehr lange tun, du wirst nicht mehr nähen, lesen oder einen deiner Pläne ausführen. Jener Mechanismus, den du deinen Körper nennst, wird schon in Kürze stillgelegt sein.

Du wirst tot sein und in deinem Grab liegen. Ende. Du glaubst, du hast deine kleine Zukunft vor dir, wie all die anderen, und du denkst an die vielen kleinen Hoffnungen und Ambitionen.

Du denkst, daß ich dich gern habe, du denkst, daß du mir vertrauen kannst, sonst würdest du nicht mit mir unter einem Dach leben wollen, ja du glaubst sogar, ich würde dich vor allen Gefahren beschützen.

Aber da irrst du dich. Ich werde dich töten.

Das Gefühlsleben eines Gattenmörders muß also fast tierhaft verkümmert sein, oder völlig verdreht und pervertiert vor Sadismus und der Lust, mit seinem Opfer Katz und Maus zu spielen.

Bartels war auch in diesem Punkt ganz anders.

Ihm fehlte es nicht an Gefühlen: im Gegenteil, er besaß zuviel davon. Und er war weit davon entfernt, ein Sadist zu sein. Nein, Philip Bartels war im Grunde ein gütiger, weichherziger Mensch.

Ich dachte über diese Widersprüche nach, an jenem Abend, als ich das Château besuchte. Und das Problem, das sich daraus ergab, schien jeder Lösung zu widerstreben. Ich verstand einfach nicht, wie ein Mann von Bartels' Temperament und Veranlagung in die Rolle eines gefühllosen oder hinterhältigen Mörders paßte.

Doch zugleich war ich mir ständig einer sich nähernden, sensationellen Entdeckung bewußt, denn ich fühlte instinktiv, daß sich der nächste Abschnitt der Geschichte in meinen Gedanken offenbarte, daß ich mich zumindest einem Teil des Geheimnisses entscheidend näherte. Schon hatte ich gefühlsmäßig begriffen, daß das Mitleid die Unfähigkeit, anderen Schmerzen zuzufügen, eine große Rolle spielte bei Bartels' Tat. Ich hatte bis dahin nur noch nicht ahnen können, welch verheerenden Einfluß das auf ihn ausübte.

Jetzt gewann ich allmählich eine klarere Vorstellung, und als ich alles, was ich wußte, miteinander in Einklang brachte, erkannte ich plötzlich, so unglaublich das auch sein mochte, daß es Beatrice selbst gewesen war, die Bartels zu seinem Entschluß getrieben hatte – natürlich nicht bewußt, durch einen Streit oder durch verletzende Worte, sondern durch eine fast unbedeutend erscheinende, instinktive Reaktion in den frühen Morgenstunden, als sie im Bett lag und noch beinahe schlief.

8

Bartels war nach Thatchley gefahren und hatte bei Lorna zu Abend gegessen. Sie war an jenem Abend besonders lieb zu ihm gewesen, einerseits weil sie sein gütiges Wesen kannte und schätzte, zum anderen aber auch, weil sie wußte, daß er innerlich einen schweren Kampf austrug, obwohl sie zweifellos keine Ahnung hatte, worum es dabei ging.

Er verließ sie um 23.30 Uhr und machte sich auf die Heimfahrt, und Beatrices Überlebenschancen wuchsen, während er fühlte, wie der Wagen auf jede seiner Bewegungen reagierte, und während er auf das gleichmäßige Brummen des Motors lauschte.

Das Gefühl, einen Wagen nach eigenem Gutdünken zu lenken, bestärkte wie immer sein Selbstvertrauen und half ihm, seine Sorgen zu vermindern. In solchen Augenblicken wie diesen gewann er die Gewißheit zurück, daß es ihm unter günstigen Umständen gelingen würde, doch noch seinen früheren Plan in die Tat umzusetzen und sich friedlich, wenn nicht sogar in Freundschaft, von Beatrice zu trennen.

Bartels fuhr ziemlich schnell in jener Nacht, aber er strengte sich keineswegs dabei an; er war ein guter Fahrer. Das Wetter war trüb, aber kalt und trocken, und zu dieser Tageszeit begegnete er nur selten einem anderen Fahrzeug. Auf weite Strecken war der Fahrbahnrand gut mit Katzenaugen markiert, und die wenigen Kurven waren günstig angelegt und überhöht.

Als er nach Cobham hinunterfuhr, heftete sich das Licht seiner Scheinwerfer auf einen Fuchs, der rasch die Fahrbahn überquerte, den Bauch nur wenig über dem Asphalt. Er dachte an Onkel James und an dessen Wunsch, vor seinem Tod noch einmal eine richtige Fuchsjagd zu erleben, und an eine mißglückte Fuchsjagd, an der er selbst einmal teilgenommen hatte, damals in Deutschland, im Jahre 1947.

Inzwischen hatte er ein Stadium erreicht, in dem er mit kühlem Kopf die Möglichkeit erwägen konnte, das Altrapein in seine Pläne miteinzubeziehen. Die Zeiten, in denen er sich einfach geweigert hatte, seine diesbezüglichen Gedanken zu Ende zu spinnen, in denen er einfach nicht verstehen wollte, warum er Angst davor hatte, von Tante Emily mit jenem Buch in den Händen überrascht zu werden – diese Zeiten waren endgültig vorüber.

Wenn ich Beatrice ermorde, dachte er bitter, und wenn man mich der Tat überführt, dann gehe ich in die Geschichte des Verbrechens ein als ein Ungeheuer von gefühlloser Grausamkeit. Das ist natürlich lächerlich, denn wenn ich mir nicht soviel Gedanken über sie machte und über die Schmerzen, die ich ihr durch eine Trennung zufügen würde, könnte ich ganz einfach von ihr weggehen, mich von ihr scheiden lassen, und würde dabei nicht, wie im anderen Fall, Kopf und Kragen riskieren.

Ich könnte alles haben, was ich wollte, ohne Risiko, ja sogar ohne große Schwierigkeiten, wenn ich das gefühllose Ungeheuer wäre, als das man mich bezeichnen wird, wenn ich sie töte und man mir dahinterkommt.

»Jawohl«, sagte Bartels laut zu sich selbst, »jawohl, es ist lächerlich – und dumm.«

Er fuhr durch Esher und bog dann an der Umgehungsstraße von Kingston rechts ab, überquerte fünfundzwanzig Minuten später die Themse an der Brücke von Hammersmith. Der Broadway von Hammersmith war menschenleer, mit Ausnahme eines Polizeibeamten, der an einer Straßenecke stand.

Bartels hatte plötzlich das dringende Bedürfnis, eine normale menschliche Stimme zu vernehmen, die nicht von Sorgen und Kummer belastet war, nicht gedämpft und zitternd von Qualen und Pein – eine Stimme, die ihn aus seiner Gedankenwelt aus Spekulationen, Intrigen und bösen Vorahnungen reißen würde.

Er hielt an, und der Polizeibeamte kam langsam auf ihn zu. Bartels kurbelte das Fenster auf seiner Seite herunter, und der Beamte beugte sich hinunter und schaute hinein in den Wagen.

»Kann ich Ihnen irgendwie behilflich sein, Sir?«

»Bitte, wie komme ich von hier zur Alvingtone Road?«

»Das ist in der Nähe vom Olympia, Sir. Fahren Sie geradeaus und biegen Sie bei der zweiten Verkehrsampel nach links ein, dann ist es die zweite Straße rechts.«

»Vielen Dank«, sagte Bartels. »Eine angenehme Nacht«, fügte er hinzu, weil er ihn noch nicht weggehen lassen wollte.

»Angenehm – na ja. Vielleicht ein bißchen kalt, wenn man hier draußen herumstehen muß.« Der Polizeibeamte lachte freundlich.

Bartels beneidete diesen Mann. Für ihn war er das Sinnbild all dessen, was er unter dem Begriff Vernunft und gesunder Menschenverstand einordnete. Ein einfacher, ehrlicher Mann, der ein regelmäßiges Leben führte, ohne Angst um die Zukunft und ohne Reue über die Vergangenheit. Nach der Einsamkeit seiner nächtlichen Fahrt sehnte sich Bartels nach menschlicher Wärme. Er sagte: »Ziemlich ruhig hier, nicht wahr?«

»Hier rührt sich nicht einmal eine Maus, Sir.«

Bartels nahm sein Zigarettenetui aus der Tasche. »Darf ich Ihnen eine anbieten?«

Der Polizeibeamte zögerte, dann zog er sich den rechten Handschuh aus, schaute sich kurz nach beiden Seiten um und nahm eine Zigarette aus dem Etui.

»Das kommt nicht oft vor, Sir, Ich danke Ihnen.«

Er lächelte und steckte sich die Zigarette in die Brusttasche. Es gab nichts mehr zu sagen.

Zögernd legte Bartels den ersten Gang ein und löste die Handbremse. Er wünschte dem Polizeibeamten eine gute Nacht und fuhr weiter in Richtung Kensington.

Als er die Verkehrsampel an der Holland Road erreicht hatte, war ihm einiges klargeworden. Er erkannte jetzt, daß er den Fehler machte, alles zu sehr zu dramatisieren. Er war neurotisch, übersensibel und hysterisch – und er hätte sich um ein Haar den Hals buchstäblich selbst in die Schlinge gesteckt.

Schließlich ging es ja auch wesentlich einfacher.

Er würde Beatrice verlassen und wieder ganz von vorne anfangen, zusammen mit Lorna. Jawohl, genau das würde er tun. Er würde Beatrice einen guten Teil seines Einkommens abgeben. Fünfhundert Pfund im Jahr, das war das mindeste. Steuerfrei, wohlgemerkt. Ein ordentliches Einkommen, selbst für die damalige Zeit.

Darüber brauchte sie sich keine Sorgen zu machen. Wenn er mehr verdiente, würde er auch seinen Unterhaltsbetrag entsprechend erhöhen. Er würde so großzügig sein, wie nur möglich. In diesem Punkt brauchte sie ihm sicherlich keine Vorwürfe zu machen. Dann würde sie sich von ihm scheiden lassen, und er könnte ein neues Leben mit Lorna beginnen. Ein Leben zu zweit, das durch nichts mehr gestört wurde.

Beatrice war in Wirklichkeit ein sehr starker Charakter; sie hatte nur ihre schwachen Momente. Lorna dagegen brauchte ihn, und er brauchte Lorna. Sicher, Beatrice wäre durch seinen Schritt tiefgekränkt, was er bedauerte, aber sie würde sich danach bestimmt nicht in die Einsamkeit zurückziehen wie Lorna. Lorna war bei weitem nicht so stark wie Beatrice.

Beatrice würde wieder in die Welt hinausgehen und mit dem ihr eigenen Mut ein neues Leben beginnen, vielleicht sogar ein besseres als das, was sie an seiner Seite geführt hatte. Ihm wurde ganz übel, wenn er daran dachte, wie er durch die Fehleinschätzung der Situation beinahe mit dem Gesetz auf verheerende Weise in Konflikt geraten wäre. Schließlich konnte man noch so klug sein, es bestand doch die große Wahrscheinlichkeit, daß man dabei erwischt wurde.

»Es ist immer ein großes Risiko«, sagte er laut vor sich hin. »Ein sehr großes Risiko.«

Als er vor dem Apartmenthaus anhielt, in dem er wohnte, wußte er, daß er seinen Entschluß möglichst rasch in die Tat umsetzen mußte. Er kannte sich gut genug, ahnte, wie leicht er wieder weich werden würde.

In zwei Tagen würde er nach Norden reisen. Aus Manchester würde er Beatrice einen Brief schreiben und ihr alles ausführlich darlegen. Er würde sie in diesem Brief geradezu in den Himmel heben, ein Lob, das keineswegs unverdient war. Er würde alle Schuld auf sich nehmen, sich selbst in düstersten Farben schildern und seine Schwäche geißeln.

Mit keinem Wort würde er auf frühere Streitigkeiten und Enttäuschungen eingehen, und er würde ihr nicht noch einmal vorwerfen, daß sie schließlich mit an dieser Entwicklung schuld war, weil sie ihn nur mit dem Kopf und nicht mit dem Herzen geheiratet hatte.

Und er würde einfach nicht mehr zurückkommen.

Er kannte sich gut genug, um zu wissen, wie groß die Gefahr war, daß er wieder weich wurde, wenn er noch einmal zu ihr zurückkehrte, wenn sie ihm vorweinte und ihn anflehte, es doch noch einmal zu versuchen. Nein, das durfte er keinesfalls riskieren.

Da es spät in der Nacht war, ließ er den Wagen einfach vor dem Haus stehen und ging hinauf zu seiner Wohnung. Er schloß leise die Tür auf, schaltete das Licht in der Diele an und warf beiläufig einen Blick auf die Briefe, die auf dem Tischchen in der Diele lagen.

Eine letzte Mahnung der Gaswerke und eine Rechnung von der Autoreparaturwerkstätte – er steckte die beiden Briefe in seine Manteltasche. Bevor er Beatrice verließ, wollte er noch alle offenen Rechnungen bezahlen; er wollte sie schuldenfrei zurücklassen, wollte frei sein für den neuen Anfang.

Er ging in die Küche und schnitt sich eine dicke Scheibe Brot ab, nahm ein Stück Käse aus dem Kühlschrank und strich sich Margarine aufs Brot.

Er entdeckte eine halbe Flasche Milch im Kühlschrank, goß sich ein Glas davon ein, doch dann fiel ihm ein, daß die Milch dann nicht mehr zum Frühstückskaffee reichte. Beatrice trank lieber Kaffee als Tee. Er goß die Milch zurück in die Flasche und stillte seinen Durst mit Wasser.

Danach ging Bartels ins Wohnzimmer hinüber und stand vor der Glut des Kaminfeuers, das Beatrice seinetwegen angezündet hatte. Er schaute sich im Zimmer um, betrachtete die vielen Dinge, die ihn an die Vergangenheit erinnerten.

Da war ein Aquarell der Seine, das er und Beatrice auf ihrer Hochzeitsreise in Paris erstanden hatten, und für das er mehr Geld ausgegeben hatte, als er sich damals leisten konnte. Da waren die Porzellanpferde, die er Beatrice in Brüssel gekauft hatte, als sie ihre Freundin in Belgien besuchte, der silberne Bilderrahmen mit einem Foto von Beatrice: das erste, was sie für ihr neues Heim erworben hatten.

Er versuchte, in der Asche seiner Gefühle für Beatrice noch einen Funken, einen Rest der Glut zu entdecken. Aber das Feuer war ausgebrannt, tot, grau, kalt. Jetzt bedeuteten ihm diese Dinge nichts mehr. Sie waren das, was sie waren: ein Aquarell, Porzellanzeug, das Foto eines hübschen, jungen Mädchens.

Er warf seinen Zigarettenstummel auf den Rost im Kamin und zog sich schon im Wohnzimmer aus, wie immer, wenn er spät nach Hause kam und Beatrice nicht wecken wollte. Dann ging er in Unterkleidung hinüber ins Schlafzimmer, zog sich rasch ganz aus und schlüpfte in den Pyjama.

Beatrice hatte die Gasheizung brennen lassen, und er stellte sich vor den Heizkörper, wärmte sich die kalten Finger.

Im schwachen Lich des Gasfeuers erkannte er die Umrisse der beiden Betten, die nebeneinanderstanden. Beatrice schlief; sie lag auf dem Rücken, hatte den einen Arm über die Stirn gelegt, als sei es ihr zu heiß im Bett. Als sich seine Augen an das schwache Licht gewöhnt hatten, sah er etwas Helles auf dem kleinen Tischchen neben dem Bett und ging rasch hinüber, um zu sehen, was es war.

Es war ein Teller mit einem Stück Früchtebrot. Darunter steckte ein Briefumschlag, der in Beatrices Handschrift an ihn adressiert war. Auf den Umschlag hatte sie geschrieben: Iß erst mal das Früchtebrot, dann lies den Brief.

Bartels aß das Stück Kuchen. Es war ganz frisch und außen noch knusprig. Dann kniete er sich neben die Gasheizung und öffnete den Umschlag. Durch das leise Rascheln wurde Beatrice in ihrem Schlummer gestört. Sie murmelte schläfrig seinen Namen.

»Ich bin da«, sagte er leise.

Sie erwiderte etwas, was er nicht verstand, drehte sich auf die andere Seite, und war auch schon wieder fest eingeschlafen. Er nahm den Brief aus dem Umschlag, faltete ihn auf und las:

Mein lieber Barty,

der Anfang des Jahres soll auch für uns ein neuer Anfang sein. Ich weiß, daß ich oft anders zu Dir gewesen bin, als Du es gewünscht hast, obwohl Du Dich nie darüber beklagt hast. Aber ich habe mein Bestes versucht, mein Lieber. Und ich werde mich noch mehr bemühen. Du hast mich all die Jahre sehr glücklich gemacht, und du sollst wissen, daß ich Dir dafür dankbar bin. Ich habe uns ein

Früchtebrot gebacken. Hoffentlich schmeckt es Dir. Es ist noch mehr davon in der Küche. Deine Dich liebende Beatrice

Er faltete den Brief zusammen und steckte ihn wieder in den Umschlag, dann legte er den Brief auf den Kaminsims. Er sagte sich: Morgen darfst du unter keinen Umständen abends zu Hause bleiben. Du mußt ausgehen, unter irgendeinem Vorwand. Wenn du zu Hause bleibst, wirst du bestimmt wieder schwach. Du mußt morgen abend ausgehen!

Er schaltete die Gasheizung ab und stieg ins Bett, dann zog er sich die Decke bis unters Kinn, lag da und starrte ins Dunkel. Er hatte sich bemüht, so leise wie möglich zu sein, aber das Quietschen der Bettfedern hatte Beatrice erneut geweckt.

Sie steckte ihre Hand durch die Bettdecke und suchte nach der seinen. Sie fand nur seinen Unterarm, was ihr aber auch zu genügen schien, denn sie seufzte zufrieden und sank wieder in den Schlummer.

Bartels lag wie erstarrt da, und der altbekannte Aufruhr aus Furcht, Pein und Verwirrung griff wieder nach seinem Magen, zog sich in sein Gehirn zurück, von wo er seinen Ursprung genommen hatte, verweilte dort und brachte alle Gedanken in kreisende Unruhe.

Er kämpfte dagegen an, so lange er konnte, kämpfte gegen die endgültige Entscheidung, denn so lange noch Verwirrung herrschte, konnte er zu keinem Entschluß kommen, und ohne einen Entschluß war er in Sicherheit.

Doch schließlich schwand die Verwirrung, wie er es nicht anders erwartet und nicht anders gefürchtet hatte.

So daß ihm zuletzt nichts mehr übrigblieb, als der Wahrheit ins Antlitz zu schauen. Er wußte, daß sie nicht ganz wach geworden war, und konnte daher sicher sein, daß das keine Komödie war. Nein, das war eine instinktive, unterbewußte Handlung gewesen. Und diese Bewegung ihrer Hand, das sehnsüchtige Suchen, das Greifen nach ihm, hatte mit einem Schlag all seine Hoffnungen zunichte gemacht.

Er kehrte nun nicht einmal zu dem Punkt zurück, den er vor seiner Rückfahrt nach London erreicht hatte. Es war schlimmer.

Denn jetzt gab es kein Entrinnen mehr, keinen Grund, die Sache hinauszuzögern.

Ich brauche dich: das war es, was ihm die Bewegung ihrer Hand mitgeteilt hatte. Ich wirke vielleicht stark und selbstbewußt, aber du siehst, wie sehr es täuscht. Ich bin immer glücklich, wenn du zu mir zurückkommst. Ich liebe dich vielleicht nicht so, wie du gern geliebt werden möchtest, aber ich brauche dich. Ich bin glücklich, wenn du bei mir bist, weil ich nicht allein sein kann. Ich bin zutiefst unglücklich und unsicher, wenn du nicht bei mir bist. Bitte, komme immer wieder zu mir zurück. Ich werde mein Bestes tun, werde tun, was ich kann, also bitte, verlaß mich nicht. Ich wäre so einsam, so entsetzlich einsam ohne dich – so kalt.

Bartels starrte ins Dunkel, fühlte Beatrices Hand an seinem Arm und kämpfte den altbekannten, aussichtslosen Kampf gegen die anbrandenden Wellen des Mitleids.

Einmal versuchte er sich ganz vorsichtig aus ihrem Griff zu befreien, aber Beatrice schien seine Absicht selbst im Schlaf durchschaut zu haben und schloß ihre Finger fester um seinen Unterarm. Also lag er weiter auf dem Rücken, und sein Entschluß festigte sich immer mehr.

Es war eine kalte Nacht, und auch im Schlafzimmer war es kalt geworden, nachdem er die Heizung abgeschaltet hatte. Die Hand, die seinen Arm umklammert hielt, fühlte sich kalt an, wie die Finger einer Toten, oder die Finger einer Frau, die dem Tod nahe war – obwohl noch einige Tage vergehen sollten bis zu jenem unheilvollen 26. Februar.

9

Zwei Tage später fuhr Bartels mit dem Frühzug nach Manchester, wie geplant. Abends saß er im Aufenthaltsraum seines Hotels. Er war müde, abgeschlagen, und er fror. Im Kamin brannte ein helles Feuer, dennoch war es kalt in dem großen, ungemütlichen Raum, und die Windböen schlugen in Abständen gegen die Fensterscheiben.

Rings um den Kamin saßen drei andere Gäste, offenbar Handelsvertreter wie Bartels. Bartels, der versuchte, einen Brief an

Beatrice zu schreiben, wurde von ihrem Gespräch immer wieder abgelenkt.

Zwei von den dreien waren Mitte dreißig, magere, rotgesichtige Männer mit scharfgeschnittenen Raubvogelgesichtern. Der dritte war dagegen ziemlich fett, älter, wahrscheinlich Mitte fünfzig, hatte einen Glatzkopf und Ansätze zu einem Kropf. Ihr Gespräch reichte von der Weltpolitik über die Atombombe bis zur gegenwärtigen Situation im Vertretergeschäft.

Etwas später senkte einer der Männer die Stimme und begann über einen gewissen Fred zu reden, mit dem die drei früher häufig beisammen gewesen sein mochten.

Fred betrog seine Frau, und die drei Männer am Kamin schienen ihn dafür als Teufelskerl zu bewundern. Sie sprachen über die zahllosen Ausreden, die er gegenüber seiner Frau anzuwenden pflegte, und lachten über seine raffinierten Täuschungsmanöver. Fred war ihren Worten nach ein ›ganz gerissener Hund‹.

Bartels nahm wieder den Federhalter in die Hand und begann zu schreiben, versuchte, sich auf seine Gedanken zu konzentrieren und nicht auf die Unterhaltung der anderen zu hören.

›Geliebte Beatrice‹, schrieb er, doch er hörte, wie der Fette mit seiner quiekenden Stimme selbst das laute Klappern der Fensterläden übertönte, als er berichtete: »Also sagt Fred, ohne mit der Wimper zu zucken, na schön, mein Schatz, sagt er, wenn du mir nicht glaubst, daß ich dort war, dann brauchst du nur anzurufen, oder schreib ihnen einen Brief, tu was du willst, und laß mich in Frieden. Und dann dreht er sich um und geht einfach wieder weg – zu der anderen. Natürlich hat er gewußt, daß seine Alte sich doch nicht erkundigen würde.«

Ein heftiger Windstoß ließ die Fenster und die Läden noch lauter knattern, und der Rest des Berichts ging in dem Getöse unter. Bartels starrte auf das Briefpapier. ›Geliebte Beatrice.‹ Dieser Fred war offensichtlich ein Idiot – sonst hätte seine Frau niemals Verdacht geschöpft. Als Vertreter kann man seine Frau Jahr für Jahr hintergehen, ohne daß sie etwas davon merkt, dachte Bartels traurig, es sei denn, man ist so ein klotzköpfiger Lümmel wie dieser Fred. Und sicher gab es einmal eine Zeit, in der Freds Frau ihrem Mann genauso vertraute wie Beatrice.

Bartels seufzte.

Er knüllte das Blatt zusammen, weil er es am Rand mit Tinte bekleckst hatte, nahm ein neues und schreib einen kurzen Brief an Beatrice, in dem er ihr lediglich mitteilte, daß er am übernächsten Tag nach Hause kommen würde.

Dann ging er über die schmale Wendeltreppe hinauf zu seinem Zimmer im obersten Stockwerk des Hotels.

Er zog sich rasch aus, denn das Zimmer war ungeheizt und alles andere als behaglich; dann kroch er schlotternd ins Bett und lag danach im Dunkeln da. Das Zimmermädchen hatte ihm eine Keramikwärmflasche ins Bett gelegt. Er drückte die Füße fest dagegen. Die Wärme des heißen Wassers und seine eigene Körperwärme, die von der Bettdecke zurückgehalten wurde, bewirkten, daß er sich allmählich behaglicher fühlte; sie beruhigte seine Nerven und besänftigte den Aufruhr seiner Gedanken.

Jetzt war ihm wohlig und warm, und er sehnte sich nicht danach, allzu schnell einzuschlafen. Statt dessen wollte er noch eine Weile wachbleiben, das Bild Lornas vor Augen, wollte in Gedanken ihre weichen Lippen und die seidige Haut ihrer Schultern fühlen.

Doch die Ereignisse des Tages ließen sich nicht so leicht verscheuchen. Es war ein unangenehmer Tag gewesen – aber daran hatte er sich allmählich gewöhnt. Die Kunden hatten sich widerspenstig gezeigt; manche ließen ihn unter fadenscheinigen Ausreden gar nicht erst vorsprechen.

Plötzlich hatte er die Liste von Weinen vor Augen, die er vertrieb. Früher einmal waren ihm die vielen Namen bunt und romantisch vorgekommen. Und selbst jetzt noch klangen sie ihm im Ohr wie eine geheimnisvolle Melodie, obgleich diese, je mehr der Schlaf überhand nahm, von Fetzen seiner Verkaufsgespräche unterbrochen wurde, von Gedanken an Lorna und an Beatrice, an Mengen und Preise und Bestellungen, von weiteren Verkaufsgesprächen ... St-Emilion, St-Julien, Bordeaux Rouge; Médoc, Beaune, Pommard; Chambertin, Beaujolais Supérieur – ›Wir haben da ein sehr interessantes Angebot über einen guten Beaujolais.‹

Ein sehr interessantes Angebot über einen guten Beaujolais, und zu einem sensationellen Preis, genau das Richtige für Ihre Kunden. Ein vollmundiger Wein für den Norden, und Lorna kam aus dem Norden ... Ich liebe dich, Lorna; ich liebe dich, Barty; ich verstehe, Barty, ich weiß, daß es schwer ist für dich, vielleicht zu schwer. Ich werde dich immer verstehen, ganz gleich, wie du dich entscheidest ... Bordeaux Rouge, Pommard, Médoc ... Lorna, geliebte Lorna, sag, liebst du mich vielleicht, weil du Mitleid mit mir hast? ... Lorna, meine einzige Geliebte ... Verlaß mich nicht, bitte, verlaß mich nicht, das war es, was Beatrices Hand ihm sagte, im Dunkeln des gemeinsamen Schlafzimmers ... Ich brauche dich ...

Bartels seufzte, verwirrt, im Halbschlaf.

Beaujolais ... Ein sehr interessantes Angebot über einen guten Beaujolais ... Ein sehr interessantes Angebot über ein gutes Altrapein ... Ich muß mir ein sehr interessantes Angebot über Altrapein beschaffen ... Wie? ... Irgendwie, irgendwann ... Morgen. Gleich morgen. Ohne lange zu warten ... Altrapein ...

Er hatte keine große Mühe, sich eine Fünfzig-Gramm-Packung Altrapein zu besorgen. Der einzige Fehler, den er dabei machte, ein Fehler, der keine Folgen hatte, wie sich zeigen sollte, bestand darin, daß er allzu raffiniert vorgehen wollte.

Als er das Hotel verließ, blieb er kurz am Empfang stehen und betrachtete das Regal mit der Post für die Gäste des Hauses. Er brauchte einen Namen, den es wirklich gab, und eine Adresse, die einprägsam war. Einer der Briefe war an einen gewissen A. Thompson adressiert, der in Bradford in der Rugely Avenue 99 wohnte. Er dachte: Der Name klingt genau richtig. Ein Name, der im Giftbuch nicht weiter auffallen würde.

Er suchte sich eine möglichst große Drogerie im Stadtzentrum aus. Er wartete eine Weile vor dem Geschäft, betrachtete die Kunden, die den Laden betraten und nach einer Weile wieder verließen. Dann ging er hinein und verlangte eine Packung Altrapein.

Er dachte schon, der Verkäufer würde ihn fragen, wozu er ein so gefährliches Mittel brauche, doch der schien sich kaum dafür zu interessieren. Es war geradezu lächerlich einfach, dachte Bartels, als er ihm den abgezählten Betrag reichte und seinen Federhalter aus der Tasche zog, um im Giftbuch zu unterschreiben.

Bei dieser Gelegenheit beging er den kleinen Fehler, der dadurch entstand, daß er vor dem Geschäft seine Brille abgenommen hatte, um nicht so leicht wiedererkannt zu werden – für den Fall, daß etwas schiefging.

Jetzt hatte er beinahe in der falschen Rubrik unterschrieben.

Natürlich war er einen Augenblick erschrocken, weil der Verkäufer ihn daraufhin lachend verbesserte, obwohl Bartels keinerlei Aufmerksamkeit hatte hervorrufen wollen.

Im Lauf des folgenden Tages machte er sich an die Rückfahrt nach London. Unterwegs steckte er mehrmals seine Hand in die Manteltasche, um sicher zu sein, daß die Packung mit dem Giftfläschchen noch drinsteckte, vielleicht auch, um sich selbst zu beweisen, daß das Ganze nicht nur ein böser Traum war. Bis dahin war er noch nicht hundertprozentig darauf eingestellt, einen Mord zu begehen. Aber als er die Außenbezirke von London erreichte, war es endgültig soweit.

10

Während Bartels auf seine Krise zusteuerte, machte ich meine eigenen Pläne. Sicher, ich war verschlagen, listig, schlau. Das habe ich bereits an früherer Stelle zugegeben. Ich wollte Lorna Dickson für mich gewinnen, und ich entwarf einen Plan, wie ich sie bekommen konnte. Es ist wirklich erstaunlich, daß ich, Peter Harding, der Kosmopolit, Hotelbesitzer, Harding, der Zyniker, mich auf den ersten Blick in diese Frau verliebt hatte.

Doch das ist eine der Wirkungen, welche Lorna Dickson auf ihre Mitmenschen ausübte: Entweder hinterließ sie überhaupt keinen Eindruck, oder man konnte vom ersten Augenblick an nur noch an sie denken.

Ich weiß nicht, weshalb ich mich in sie verliebte. Sie war kein junges, taufrisches Mädchen mehr. Sie war auch keine klassische Schönheit. Ja, sie war nicht einmal außergewöhnlich klug. Das jedenfalls sagte mein Verstand. Mein Gefühl dagegen sagte mir, daß sie die eine, einzige Frau in meinem Leben war, die ich ernsthaft heiraten wollte. Es war vielleicht völlig unlogisch und unsinnig, aber das war eine Tatsache, mit der ich mich abzufinden hatte.

Lorna beschäftigte mich Tag und Nacht. Manchmal mußte ich mich im Büro gewaltsam von den Gedanken an sie losreißen und mich den geschäftlichen Dingen zuwenden. Ich wollte viel lieber still dasitzen und von ihr träumen, von einer gemeinsamen Zukunft, oder mich mit der Vorstellung abquälen, daß immerhin die Möglichkeit oder die Gefahr bestand, ich könnte sie an Bartels verlieren. Dies war natürlich ein rein masochistisches Gedankenspiel. Wenn ich genügend Zeit hatte, war es für mich keine Kunst, Bartels aus dem Feld zu schlagen.

Aber zunächst mußte ich mir darüber klarwerden, daß mich das die langjährige Freundschaft mit Bartels kosten konnte. Dennoch war ich der Meinung, daß ich das Recht auf meiner Seite hatte. So argumentieren die Heuchler, und ich bin einer von ihnen.

Nachdem ich zu dieser Meinung kommen wollte, war es nicht schwer. Ich brauchte mir nur die geeigneten Argumente auszusuchen und für sich selbst sprechen zu lassen. Ich sagte mir, daß ich schließlich ledig sei, im Gegensatz zu Bartels, der mit einer verdammt netten und anständigen Frau verheiratet war, seit vielen Jahren; einer Frau, um deren Besitz sich viele Männer glücklich schätzen würden. Obendrein hatte es Beatrice einfach nicht verdient, daß man ihr den Stuhl vor die Tür setzte.

Bartels Gegenargumente ließ ich nicht gelten: Sie waren in meinen Augen – den Augen des Heuchlers – trügerisch und übertrieben. Ich war mehr oder weniger wohlhabend, erfolgreich, während Bartels, um es offen zu sagen, beruflich versagt hatte. Er verdiente bestimmt nicht genügend Geld, um seiner Frau eine anständige Apanage zu zahlen und daneben auch noch Lorna ein einigermaßen angemessenes Leben bieten zu können. Nein, Lorna würde weiter ihre kleine Schneiderei betreiben müssen, wenn die beiden nicht ganz kümmerlich dahinvegetieren wollten. Ein hieb- und stichfestes Alibi, wenn es darum geht, seinen besten Freund zu betrügen.

Ich werde nie vergessen, wie scheinheilig ich Bartels ihre genaue Adresse und ihre Telefonnummer aus der Nase zog. Das war an dem Tag, als wir zu dritt im Café Royal zu Mittag gegessen hatten. Als Lorna gegangen war, hatte ich Bartels ganz beiläufig gefragt: »Wo wohnt sie eigentlich, Barty?«

»In der Nähe von Woking«, hatte er geantwortet. »In einem kleinen Dorf namens Thatchley. Sie besitzt ein hübsches Haus aus der Zeit nach dem Ersten Weltkrieg. Sie fährt einen kleinen Wagen und hat ein nettes, kleines Geschäft in der Gegend.«

»Thatchley«, wiederholte ich nachdenklich, als hätte ich den

Namen dieses Ortes schon einmal gehört. »Thatchley. Ja, ich erinnere mich: Ich habe den Wegweiser mal gesehen, auf der Fahrt zu meinem Hotel in Guildford.«

Sein Gesicht hellte sich auf, als freue er sich allein schon darüber, daß ich den Wegweiser zu ihrem Dorf kannte. Der arme, törichte Bartels. Es war alles kinderleicht.

»Ja, jetzt weiß ich es genau«, sagte ich leichthin. »Thatchley, in der Nähe von Woking.«

»Wenn du mal am Wochenende dort vorbeikommst, mach ihr doch einen Besuch. An den Wochenenden ist sie meist ganz allein. Unter der Woche dagegen hat sie nicht selten Gäste.«

Leicht war es, kinderleicht.

»Sie wird nicht sonderlich an meinem Besuch interessiert sein«, erwiderte ich fast ein wenig abweisend, weil ich meine Absicht um jeden Preis verschleiern wollte.

Aber Bartels schluckte bereitwillig den Haken, den ich ausgeworfen hatte. »Da täuschst du dich«, sagte er eifrig. »Ich bin sicher, sie wird sich über deinen Besuch freuen.«

»O nein, das glaube ich nicht. Nicht über meinen Besuch. Was kann ihr schon daran gelegen sein?«

Er erinnerte mich an die Lemminge in Norwegen, die in großen Scharen hinunterdrängen an den Strand, sich ins Meer werfen und ertrinken. Er lief geradezu in das offene Messer, weil er glaubte, er könne mir vertrauen, und weil er wußte, daß Lorna an den Wochenenden oft recht einsam war.

»Sie mag dich gern«, erklärte er beharrlich.

»Woher willst du das wissen?«

»Das habe ich genau gemerkt. Ich kann sofort sagen, ob Lorna jemanden mag oder nicht.«

Ich zögerte absichtlich. »Na schön«, meinte ich schließlich. »Vielleicht schaue ich die Tage mal bei ihr vorbei. Mal sehen.«

Also gab er mir Lornas Adresse. Er beschrieb mir sogar noch in allen Einzelheiten, wie ich ihr Haus finden würde. Der arme Narr.

Meine Haltung gegenüber Bartels ändert sich, während ich diesen Bericht schreibe. Das ist mir völlig bewußt. Sie ändert sich, und sie hat sich geändert an jenem Tag, als ich das Château besuchte und seine Lebensgeschichte noch einmal von Anfang an vor meinen Augen ablaufen ließ.

Ich war immer viel härter und entschlossener als Bartels. Realistischer, erfahrener. Bartels war ein Träumer, im Gegensatz zu mir. Man kann kein Träumer sein, wenn man mehrere Hotels betreibt. Vielleicht konnte er mich gerade deshalb so gut leiden, weil ich ganz anders war als er.

Wenn ich an Bartels denke, dann sehe ich zunächst immer den Bartels meiner Jugendzeit, sehe ihn und lasse jene Tage wieder aufleben in nostalgischer, rührender Zuneigung. Doch im Lauf der Entwicklung, wenn ich sehe, wie ich ihn hintergangen und zum Narren gemacht habe, verliere ich die Geduld mit seiner Gutmütigkeit. Ich weiß – und darauf bestehe ich nach wie vor –, daß er trotz allem ein anständiger, gütiger, warmherziger Mensch war. Und ich empfinde Mitleid mit ihm – aber ein Mitleid, das fast an Verachtung grenzt. Ich bedauere das zutiefst, aber ich kann nichts dafür.

Gleich hinter Cobham gabelt sich die Straße: Auf der linken Seite kommt man nach Guildford, während es rechts nach Byfleet und Woking geht. Man muß die Straße nach Woking nehmen und ihr noch ein ganzes Stück folgen, ehe man den kleinen Pfad erreicht, der zu Lorna Dicksons Haus führt. Ich besuchte sie zum erstenmal, während sich Bartels in Manchester aufhielt.

Dank Bartels' genauer Beschreibung fand ich das Haus auf Anhieb, obwohl es schon dunkel war und ein Hagelschauer niederging.

Es lag hinter einer dichten Eibenhecke, die vermutlich älter war als das Haus selbst, so daß ich mich nicht wunderte, als ich später erfuhr, daß das Haus zum Teil auf dem Fundament einer alten Tagelöhnerhütte errichtet war.

Ein schmiedeeisernes Gitter öffnete sich auf einen Plattenweg, der an Blumenbeeten und einem kleinen, gepflegten Rasen entlang zur weiß lackierten Haustür führte. Dicht davor standen zwei Apfelbäume und das Haus selbst, aus hellrotem Backstein erbaut, sah recht hübsch aus mit seinen klaren, wohlausgewogenen Proportionen und den breiten, freundlichen Fenstern. Es war nicht sehr groß und bestand, wie ich danach feststellte, nur aus einem Wohnzimmer, einem Eßzimmer und einer Küche im Parterre sowie drei Schlafzimmren und einem Bad im ersten Stock.

Ich hatte Lorna zuvor angerufen und gesagt, daß ich auf der Fahrt von Winchester nach London gegen achtzehn Uhr bei ihr vorbeischauen wollte. Sie mußte meinen Wagen gehört haben, denn sie stand bereits unter der Haustür und schaltete die Außenbeleuchtung an, als ich durch das schmiedeeiserne Tor fuhr.

So sah ich sie also zum zweitenmal: in der Tür ihres Hauses, schlank, hübsch, mittelgroß, zartgliedrig. Sie trug ein schwarzes Kostüm und eine türkisfarbene Bluse. Das Licht fiel auf ihr welliges, brünettes Haar, und als sie mir die Hand schüttelte und mir dabei in die Augen schaute, wurde mir wieder bewußt, daß sie die schönsten Augen besaß, die ich je gesehen hatte. Dabei fiel mir auch auf, daß ihr Gesicht in ganz ungewöhnlicher Weise klare Züge mit großem Liebreiz kombinierte. Ungewöhnlich, weil diese beiden Begriffe normalerweise nicht zusammenpassen. Es war ein Gesicht, das wohl auch noch in vielen Jahren schön und attraktiv sein würde.

Wenn ich überfliege, was ich bisher über sie geschrieben habe, dann fällt mir auf, daß ich noch mit keinem Wort den Charme von Lorna Dickson erwähnt habe. Ich benütze das Wort ›hübsch‹, ich habe gesagt, daß ihre Augen sehr schön sind, und daraus könnte man vielleicht schließen, daß es sich bei ihr um eine eher oberflächliche und nicht sonderlich intelligente Frau handelte. Doch genau das Gegenteil ist richtig: Lorna war eine höchst intelligente Frau.

Ich folgte ihr ins Haus, ins Wohnzimmer. Ein ausgewogener Raum, in dem moderne Dekorationen in gutem Einklang standen mit schönen alten Möbeln und einem weitgehenden Wohnkomfort. So gab es ein paar tiefe, sehr bequeme Sessel und eine breite, chintzbezogene Chaiselongue vor dem Kamin.

Auf dem Teppich vor dem Kamin lag ein Corgi-Hund, der wie ein zylindrischer Wollbär aussah; er stellte die Ohren auf, als er mich hereinkommen sah.

Mir fiel sofort das Tablett mit Getränken auf einem kleinen Tischchen ins Auge, und ich fragte mich, ob ihr Bartels die Alkoholika zum Einkaufspreis besorgt haben mochte. Sie bot mir Whisky mit Soda an und mixte sich selbst einen Gin mit Wermut.

Ich hatte mir einen genauen Schlachtplan zurechtgelegt, und ich fühlte mich zuversichtlich. Ich sah besser aus als Bartels – vielleicht nicht gerade hervorragend, aber doch besser als er. Ich trug zum

Bespiel keine Brille und war nicht so mager wie er. Ich war gewandter im Sprechen, hatte mehr Welterfahrung und vor allem mehr Erfahrung im Umgang mit Frauen.

Ich kam stets hervorragend mit den Frauen zurecht. Ich wußte, daß die meisten Männer versuchen, den Frauen zu imponieren, indem sie über sich selbst und ihre Heldentaten reden. Sie wollen sich in einem möglichst günstigen Licht präsentieren, ihre Pfauenfedern glänzen lassen. Das gefällt den Frauen zunächst ganz gut – doch dann beginnen sie sich über die Zurschaustellung männlicher Qualitäten zu langweilen.

Eine Frau kann man viel leichter fesseln, wenn man nicht über sich selbst spricht, sondern über die Frauen im allgemeinen und über diese eine Frau im besonderen. Dieses Thema langweilt keine Frau, auch nicht auf die Dauer. Und nachdem es auch mich keineswegs langweilt, über attraktive Frauen zu sprechen, benütze ich die Gelegenheit dazu, wann immer mir eine solche Frau begegnet.

So spielte ich also meine Rolle während des ersten Teils jenes ersten Abends, den ich mit Lorna Dickson verbrachte.

Schon nach ein paar Minuten, in denen ich Fragen über die silbergerahmten Fotos auf dem Kaminsims stellte, hatte ich sie so weit, daß sie mir über ihre Familie und ihr persönliches Schicksal berichtete.

Ihr Vater, Major Clive Burton, war im Ersten Weltkrieg gefallen. Ihre Mutter, die über einige Geschicklichkeit im Schneidern verfügte und dazu viele Freunde und Bekannte in der Gegend von Woking besaß, hatte danach das Geschäft eröffnet und sich einen kleinen, aber ausreichenden Kundenstamm gesichert. Nicht, daß sie damit das große Geld verdiente, aber sie konnte auf diese Weise mit einem ausreichenden und stetigen Einkommen rechnen. Und sie besaß obendrein noch eine kleine Leibrente aus dem Vermögen ihrer Eltern.

Sie hatte noch einen Sohn, Leslie Burton, der Wirtschaftsprüfer geworden war.

Lorna hatte bis zu ihrem dreiundzwanzigsten Lebensjahr der Mutter im Geschäft geholfen. Dann hatte sie Ronald Dickson geheiratet, den Besitzer einer Gummiplantage in Malaya, der in seiner britischen Heimat Ferien machte, und war 1938 mit ihm nach Singapur gefahren.

Zwei Jahre danach war sie unter Protest, aber auf seinen ausdrücklichen Befehl hin, nach Hause zurückgekehrt. Er blieb trotz des drohenden Aufstandes dort.

Sie sah ihn niemals wieder.

Und sie hörte auch nichts mehr von ihm, erhielt keine Nachricht, was mit ihm geschehen war. Nur einmal erfuhr sie von einem Freund, der an seiner Seite gekämpft hatte, daß man ihn zuletzt auf einem Floß einen Fluß hinuntertreiben sah, verwundet, aber guten Mutes. Später hörte sie dann, daß er kurz danach ertrunken sei.

»Ich war also nur zwei Jahre mit ihm beisammen«, sagte sie, während sie am Kamin stand und ins Feuer schaute. »Keine lange Zeit, aber eine Zeit voller Glück. Übrigens bereue ich keine einzige Sekunde meines Lebens.«

»Sie müssen ein glücklicher Mensch sein«, sagte ich.

Sie schaute mich an und lächelte. »Warum? Bereuen Sie etwas in Ihrem Leben?«

»Vieles. Haben Sie nie daran gedacht, wieder zu heiraten? Ich meine, bis vor kurzem?«

Sie überging bewußt meinen Hinweis auf Bartels. »Ich hatte nicht das Bedürfnis. Während des Krieges war ich Rotkreuzhelferin in Schottland. Natürlich habe ich immer noch gehofft, Roland würde eines Tages wieder auftauchen. Ich wartete sehnsüchtig auf einen Brief, eine Nachricht von ihm. Es ist schrecklich, in dieser Art von Spannung leben zu müssen. Aber zugleich hat man die Chance, sich allmählich dem Unvermeidlichen zu fügen.«

»Das kann ich mir gut vorstellen.«

»Anfangs habe ich nächtelang geweint, vor allem, nachdem ich das Gerücht vernommen hatte, daß er ertrunken sei. Doch auch diese Zeit ging vorüber, und zuletzt blieb nur noch ein dumpfer Schmerz.«

»Ist der heute auch vorüber?«

Sie schüttelte den Kopf. »Nein. Ich glaube nicht, daß ich Ronnie jemals werde vergessen können. Darf ich Ihnen noch einen Whisky einschenken?«

»Danke, gern.«

Sie ging zu dem Tischchen und füllte beide Gläser.

»Nach dem Krieg kam ich hierher zurück und lebte bei meiner

Mutter und bei Leslie. Dann heiratete mein Bruder und zog nach London. Vor drei Jahren starb meine Mutter. Na ja, und hier bin ich. Das ist mein Leben bis heute.«

Sie lächelte mich an. Ich lächelte ebenfalls. Dann sagte ich: »Wissen Sie, wenn man am Ende seines Lebens angekommen ist, wird man feststellen, daß es in vier große Zeitabschnitte zerfällt: in die Jugendzeit, die Zeit des unbeschwerten Glücks, die Zeit der Prüfungen und die Zeit eines neuen, reiferen Glücks. Ja, ich glaube, so wird man es am Ende sehen.«

Jetzt versuchte ich nicht mehr, sie durch Raffinesse einzuwickeln. Es verursachte mir geradezu körperliche Schmerzen, an ihre Trauer und an ihr Leid zu denken. Ich hätte alles getan, um ihr zu helfen, nur eines nicht: Ich wollte sie auf keinen Fall Bartels überlassen.

Nachdem ich entschlossen war, diese Frau zu erobern, hatte er praktisch keine Chance mehr.

»Sie gehen jetzt durch die Zeit der Prüfungen, Lorna. Aber lassen Sie sich nicht aus dem Gleis werfen. Es ist nur eine Frage der Ausdauer. Glauben Sie mir.«

»Ich hoffe es.«

Wieder lächelte sie mich an. Und wieder lächelte ich zurück, doch diesmal hielt ich ihre Blicke mit meinen Augen fest, und sei es auch nur für die kurze Zeitspanne, die ein Mensch braucht, um einmal tief einzuatmen. Und genau das tat ich beim Anblick ihrer wunderschönen Augen.

Dann wandte ich mich ab, schaute ins Feuer und entschloß mich, nicht mit ihr zu flirten. Und plötzlich, als sei es mir eben eingefallen, sagte ich: »Was halten Sie davon, wenn wir zum Abendessen fahren? Zum Beispiel hinüber in die ›Krone‹ nach Chiddingfold? Kommen Sie, das ist eine nette Abwechslung für Sie.«

Ich wartete auf ihre Antwort, wartete voll Beklemmung, trotz meiner vorherigen Zuversicht.

»Ich glaube, ich habe nichts dagegen«, sagte Lorna.

Als sie mir diese Antwort gegeben hatte, wußte ich, daß ich das Spiel gewonnen hatte.

Dennoch übereilte ich nichts an diesem Abend.

Immerhin war ich überglücklich, daß ich sie zum Abendessen

einladen durfte, und erst als wir das Diner hinter uns hatten und zum Abschluß Kaffee und Likör tranken, drüben im Barraum, auf einem der bequemen, kleinen Sofas nahe dem offenen Kamin, kamen wir zum erstenmal auf Bartels zu sprechen.

Es war Lorna selbst, die das Thema ins Gespräch brachte und zwar mit einer für sie typischen, sehr direkten Frage.

»Sagen Sie – was ist eigentlich mit Bartys Ehe los?« fragte sie ganz unvermutet und beugte sich vor, um die Kaffeetassen vollzugießen.

»Die meisten Leute würden sagen, gar nichts«, antwortete ich. »Denn auf den ersten Blick scheint es eine ausgesprochen glückliche Ehe zu sein. Aber natürlich kann der erste Eindruck täuschen.«

»Wessen Schuld ist das wohl?«

Ich zögerte. »Ich glaube, man kann keinem von beiden dafür die Schuld geben«, sagte ich dann. »Nein – sie können beide nichts dafür.«

Ich war davon ausgegangen, daß Lorna automatisch annahm, Beatrice sei im Unrecht, aber damit unterschätzte ich ihren ausgeglichenen und anständigen Charakter. Vielleicht unterschätzte ich Bartels ebenso, denn ich dachte, er hätte ihr die Rolle des unverstandenen Ehemanns vorgespielt. Doch schon ihr nächster Satz zeigte mir, daß ich mich auch in dieser Hinsicht gewaltig täuschte.

»Das sagt Barty auch«, stimmte sie mir nämlich zu. »Er meint, keiner von ihnen sei dafür verantwortlich, daß es so gekommen ist.« Sie zögerte und fügte dann hinzu: »Bartys Schwierigkeiten bestehen darin, daß er ein Mensch ist, der zum Glücklichsein ein ausgeglichenes Gefühlsleben braucht, und daß er mit einer Frau verheiratet ist, die mehr auf materielle Dinge, auf Besitz achtet. Dabei sind beide im Grunde gute und prachtvolle Menschen.«

»Ja, das ist seine Tragödie.«

»Barty hat bisher noch keinen Menschen gefunden, der ihn wirklich liebte.«

»Bisher«, sagte ich und schaute sie an. »Sie wissen, daß er Sie über alles liebt, und ich nehme an, daß Sie ihn ebenfalls lieben. Habe ich recht?«

Es ist bemerkenswert, daß die beiden Frauen im Leben von Philip Bartels nicht lügen konnten. Lorna schaute mich an und antwortete: »Ich weiß es nicht.«

»Ja, um Himmels willen – und ich dachte, Sie beide lieben sich über alles und können nicht leben ohne den anderen.«

Sie starrte an mir vorbei ins Feuer, sprach kein Wort; ich schwieg ebenfalls, lauschte auf die gedämpfte Konversation der anderen Gäste, die sich inzwischen im Barraum versammelt hatten. Und ich wartete.

»Wissen Sie«, sagte Lorna zuletzt, »ich denke immer noch sehr viel an Ronnie. Ich kann die Erinnerung an ihn nicht einfach abstreifen. Aber andererseits fühle ich mich oft schrecklich einsam. Die Menschen glauben immer, eine Frau braucht viel Liebe, doch das ist nur die halbe Wahrheit. Sie braucht vor allem jemanden, den sie lieben kann.«

»Daher die Pudel und Pekinesen der einsamen Frauen.«

»Genau. Barty liebt mich, und er braucht mich. Ich verstehe nicht ganz, warum, aber ich nehme die Tatsache als gegeben hin. Und in gewisser Hinsicht bin ich ihm für seine Liebe überaus dankbar.«

»Er glaubt, daß Sie ihn lieben«, sagte ich. Und als sie nichts darauf antwortete, wiederholte ich sehr langsam und nachdrücklich: »Er glaubt, daß Sie ihn *lieben.*«

Sie schwieg noch immer, und ich vermied es absichtlich, sie anzuschauen, da ich sie weder drängen noch in Verlegenheit bringen wollte. Ich wußte, daß ich sie liebte, und mein Herz war bei ihr, als sie jetzt versuchte, ihre Gefühle auszuloten. Ich hatte das Bedürfnis, ihr zu sagen: Mach dir keine Mühe, es zu erklären – ich weiß es ja.

Doch zugleich war die berechnende Seite meines Wesens am Zug: der Teil meines Charakters, der sorgsam plante und arrangierte und versuchte, das zu bekommen, was er wollte – ein Versuch, der fast immer mit dem Erfolg endete. Also sagte ich mit ausgesuchter Zurückhaltung: »Dankbarkeit ist vielleicht ein etwas schwaches Fundament für ein Zusammenleben mit Barty. Er will mehr.«

»Und er wird auch mehr bekommen«, entgegnete sie schnell, fast ein wenig scharf. Ich machte schleunigst einen Rückzieher.

»Daran zweifle ich keinen Augenblick.«

»Glauben Sie mir, ich liebe diesen Mann. Ich fürchte, das ist Ihnen noch nicht ganz klargeworden. Ich will ihn mit Liebe und mit Güte und mit Zuneigung überschütten. Ich glaube, er ist ein Mann, der viele Enttäuschungen hinter sich hat, und ich will ihn davon kurieren.«

Ein Stich schmerzlicher Eifersucht fuhr durch mein Herz.

»Sehr lobenswert. Und ich bin sicher, daß Ihnen das gelingt.«

»Ja – aber?« Sie schaute mir in die Augen. Ich lächelte und machte dem Kellner ein Zeichen.

»Wie wär's mit einem Glas Kognak?« Ich bot ihr eine Zigarette an. Sie schlug beides aus, die Zigarette und den Kognak. Ich bestellte mir ein Glas, steckte das Zigarettenetui ein und stopfte mir meine Pfeife.

»Aber?« fragte sie wieder.

»Was – aber?«

»Glauben Sie, es ist ein Fehler, wenn ich mich entschließe, ihn zu heiraten?«

»Ich will nicht Richter über Ihr Gewissen sein, und wenn ich das sage, dann dürfen Sie mir glauben, daß ich dabei überhaupt nicht an Bartys Frau denke. Ich denke nur an ihn, und vielleicht auch an Sie.«

»Ich kann ihn sehr glücklich machen. Glücklicher, als er je zuvor in seinem Leben gewesen ist. Er ist ein so liebenswürdiger Mensch«, sagte sie fast ein wenig traurig. »Ich möchte ihn so gern glücklich sehen.«

Ich fühlte, wie mein Herz einen Schlag aussetzte. Auch ich hatte Barty gern. Aber ich konnte es mir nicht leisten, diesen Gedanken weiter auszuspinnen.

»Sehen Sie mich an«, sagte ich leise, und als sie mir ihr Gesicht zugewandt hatte, fragte ich sie sehr ernsthaft: »Lieben Sie Barty wirklich?«

»Ich habe ihn sehr, sehr gern.«

Ich schüttelte den Kopf. »Lieben Sie ihn?«

Als sie zögerte, senkte ich den Keim des Zweifels in ihr Herz, ließ ihn dort, damit er Wurzeln schlug und Früchte trug – wie ich mit Verzweiflung hoffte.

»Wissen Sie, auch Beatrice mag ihn gern, obwohl sie ihn nicht liebt«, sagte ich ganz beiläufig, als erscheine mir das nicht weiter wichtig. »Sie liebt ihn, sagen wir, auf ihre Art. Und eine Trennung wird sie sehr schwer treffen. Offen gestanden, ich möchte nicht in Bartys Haut stecken.«

Den ganzen Abend über spielte ich den wohlmeinenden Freund und Berater, redete über alles mögliche, als ich sie nach Hause fuhr, brachte sie hier und da zum Lachen, unterhielt sie mit Geschichten über die Schattenseiten des Hotelbetriebs, sprach von meinen Auslandsreisen und sagte ihr zum Schluß, wie viel mir dieser Abend mit ihr bedeutet habe.

Ich schlug bewußt ihre Einladung aus, zu einem letzten Drink ins Haus zu kommen.

Und ich verabschiedete mich von ihr unter der Haustür, schüttelte ihr fast förmlich die Hand, obwohl ich nichts lieber getan hätte als Lorna in meine Arme zu nehmen und sie an mich zu drükken, die Weiche ihrer Lippen auf den meinen zu spüren, die warme Anschmiegsamkeit ihres wunderbaren Körpers . . .

Aber ich wollte kein Risiko eingehen.

Ich sehnte mich so sehr nach ihr, daß sich alle Nervenenden, jede Gehirnzelle im Alarmzustand befanden, und die Stimme in meinem Inneren rief laut: Vorsicht, langsam, gib acht, mein Freund! Ich wußte, daß ich Geduld haben mußte, wenn ich Lorna gewinnen wollte.

11

Man sagt, die Eifersucht ist eine Folge von Angst, von mangelndem Selbstvertrauen oder einem Gefühl der Unsicherheit, aber ich hatte den Eindruck, daß ich sehr zuversichtlich war, was Lorna betraf. Und dennoch fühlte ich die scharfen Nadelstiche einer rasenden Eifersucht.

In den sechs Tagen, die diesem ersten Besuch folgten, schaute ich zweimal unter fadenscheinigen Vorwänden bei Lorna vorbei, doch dabei verhielt ich mich so umsichtig wie nur möglich, da ich wußte, daß jeder Versuch, die Dinge gewaltsam voranzutreiben, mich als den falschen, hinterhältigen Verräter bloßstellen würde, der ich in Wirklichkeit war. Doch zugleich ließ ich bei jeder sich bietenden Gelegenheit einen weiteren Hinweis, eine kleine Andeutung fallen, daß auch Beatrice ihren Mann auf ihre Weise liebte, und daß Barty, wenn Lorna seine Trennung von Beatrice herbeiführte, ohne ihn wahr und wahrhaftig zu lieben, zuletzt mit ihr die gleiche Frustration erleben würde wie mit Beatrice.

Ich glaube, damit hatte ich sogar recht, selbst wenn meine Beweggründe nicht ganz so lauter waren, da es mir ausschließlich darum ging, diese Frau für mich zu erobern. Ich hätte ihr das gleiche gesagt, wenn ich gewußt hätte, daß es nicht stimmte.

Die Eifersucht plagte mich ganz besonders an den Abenden, wo ich wußte, daß Bartels bei ihr war. An solchen Abenden sah ich mich gezwungen, aus dem Haus zu gehen, ins Theater oder ins Kino – ganz gleich, wohin. Ich wollte nur nicht allein in meiner Wohnung sitzen und ständig daran denken müssen, was jetzt in Thatchley vor sich ging. Manchmal stattete ich, vermutlich aus einem geradezu morbiden Sinn für die Ironie des Lebens, Beatrice einen kurzen Besuch ab.

Beatrice ahnte nicht das geringste.

Sie war es gewohnt, daß ihr Mann zwei oder drei Nächte während der Woche nicht nach Hause zurückkehrte, wenn er auf weiteren Reisen unterwegs war, und sie war davon überzeugt, daß er sie brauchte, daß sein Wohlergehen von ihr abhing, ja, daß er ohne sie, ohne ihre organisatorischen Fähigkeiten, ohne ihre überlegene Stärke verloren sei. Darüber bestand bei ihr nicht der geringste Zweifel. Und sie machte mir das durch viele kleine Bemerkungen deutlich.

»Ich weiß nicht, wo er hingekommen wäre, wenn ich ihm nicht das Leben ein bißchen in Ordnung gebracht hätte«, sagte sie zum Beispiel in liebevollem Ton. Dazu seufzte sie und lächelte nachsichtig. Bis zu jenem Tag, als er in Manchester das Altrapein kaufte, mit dem er sie ermorden wollte, und sogar danach noch dachte Beatrice Bartels, daß sie für ihren Mann unentbehrlich sei.

Soviel zur berühmten weiblichen Intuition. Ich habe nie sehr viel darauf gegeben. Und jetzt glaube ich gar nicht mehr daran.

Am Freitagnachmittag, es war der 23. Februar, entschloß ich mich, in Bartels' Landhaus zu fahren. Ich wußte, daß Bartels selbst den Nachmittag und frühen Abend bei Lorna verbrachte, und der Gedanke daran erfüllte mich mit Rastlosigkeit und Verstimmung.

Ich aß im Klub zu Mittag, aber bei meiner schlechten Laune

wollte mir nicht einmal das vorzügliche Essen schmecken, und ich ließ es fast unberührt. Danach schlenderte ich in den Rauchsalon und bestellte mir Kaffee und Kognak. Ich versuchte, ein paar Zeitungen und Zeitschriften zu lesen, entdeckte aber nichts darin, was mich interessiert hätte.

Auf dem Programm der Kinos und Theater fand ich auch nichts, was mich zu einem Besuch veranlaßte. Also entschloß ich mich spontan, zum Wochenendhaus der Bartels' nach Balcombe zu fahren. Ich wußte, daß Beatrice schon dort sein würde, und ich würde sie vielleicht zum Abendessen in ein dortiges Restaurant einladen, wo wir meist ein paar Bekannte trafen.

Mein Hintergedanke aber war, daß ich auf diese Weise genau erfahren würde, wann Bartels von seinem Besuch bei Lorna zurückkehrte: In dem Augenblick, wo ich mit Sicherheit wußte, daß er nicht mehr bei ihr war, würde ich meine Ruhe und meine Ausgeglichenheit zurückgewinnen.

Ich fuhr schnell in meine Wohnung, packte ein paar Dinge in einen Koffer und machte mich auf die Fahrt. Heute wünsche ich tausendmal, ich wäre zu Hause geblieben.

Aber ich konnte nicht vorhersehen, was ich in Balcombe antreffen würde, konnte nicht ahnen, in welche Verlegenheit mich dieser Besuch bringen würde.

Man gelangte auf zwei verschiedenen Wegen zu dem Landhaus. Entweder man folgte der Landstraße rings um das Haus, fuhr durch das vordere Gartentor und kam bis an den Vordereingang, oder man bog in einen kleineren Pfad ab, ließ den Wagen hinter dem Grundstück stehen, ging durch die hintere Pforte in den ziemlich großen Garten und erreichte das Haus über den Fußweg, der am Gemüsegärtchen entlang führt. Im Sommer konnte man das Haus dann durch die Terrassentür betreten, im Winter durch die Küchentür. Das war der kürzere Weg.

Diesmal entschied ich mich, wie fast immer, für den Hintereingang. Es war ein schöner Abend, kalt, aber wolkenlos, und als ich ankam, senkte sich die Dämmerung über das Land. Die Sonne war schon untergegangen, doch der Himmel glühte noch dunkelrot über den Wäldern, die sich seitlich bis zum Grundstück hin ausdehnten.

Ich blieb ein paar Minuten im Wagen sitzen, entspannte mich, denn ich war ziemlich scharf gefahren, und vergaß eine Weile sogar Bartels und Lorna. Ich atmete die klare, kalte Luft ein, die durch das Fenster in den Wagen strömte, und fragte mich, warum ich eigentlich immer noch in dem Dreck und dem Gestank der Großstadt lebte.

Schließlich stieg ich aus, und im selben Augenblick sprang ein leichter Wind auf und bewegte die Baumwipfel am anderen Ende des Gartens. Die Tür auf der Fahrerseite klemmte ein wenig, so daß ich sie nicht zuschlagen konnte, sondern erst ein wenig anheben und dann sacht zudrücken mußte.

Heute wünschte ich, ich hätte die Tür rechtzeitig reparieren lassen, aber ich hatte es immer wieder aufgeschoben, weil ich in den letzten Tagen den Wagen nicht entbehren konnte. Aber es hätte mir sehr viel Kummer und Sorgen erspart – und sehr viel Reue und Gewissensbisse obendrein.

Ich ging am Gemüsegarten entlang und wollte erst durch die Küchentür eintreten, doch dann entschloß ich mich, über die Terrasse zu gehen und Beatrice durch das Fenster ein Zeichen zu machen, damit sie mich einließ.

Der Wohnraum war nur durch die helle Glut des Kamins erleuchtet. Ich erkannte die tiefen, bequemen Armsessel neben dem Kamin, den Sekretär unter dem Fenster mit der silbernen Schreibtischgarnitur und den zwei aus Elfenbein geschnitzten Elefanten; weiter hinten schimmerten die Glasscheiben des Bücherschranks und die polierte Mahagonifläche des Schränckchens, das als Hausbar diente.

Ich erblickte auch, genau im rechten Winkel zum Fenster, das breite Sofa – und Beatrice, die halb darauflag, in den Armen eines Mannes, der sie fest umschlungen hielt und leidenschaftlich küßte. Er beugte sich über sie, und da er mir zunächst nur seinen Hinterkopf zuwandte und das Licht in dem Raum obendrein nur sehr schwach war, erkannte ich John O'Brien nicht sofort – doch dann blickte er aus irgendwelchen Gründen hoch und sah mich vor der Terrassentür stehen.

Ich hörte, wie er ein paar Worte zu Beatrice sagte, sah, wie er aufstand, sich mit einer automatischen Bewegung die Krawatte zurechtrückte und sich das Haar mit den Händen nach hinten strich.

Ich sah, wie Beatrice plötzlich kerzengerade auf dem Sofa saß, und wie auch sie sich hastig mit den Händen über das Haar strich.

Ich wußte nicht, was ich tun sollte. Ich war schon versucht, rasch wegzugehen, zurück zum Wagen, und so zu tun, als hätte ich nichts gesehen. Ich wollte anschließend nach Hause fahren und mich erst ein paar Tage später bei Beatrice melden. Und ich wollte glattweg abstreiten, daß ich an jenem Freitag in der Nähe des Landhauses gewesen war.

Ich war schon fast dazu entschlossen, doch während ich noch zögerte, wurde mir nach und nach klar, was diese überraschende Entdeckung für Konsequenzen hatte – Konsequenzen, die vor allem mich selbst sehr schlimm treffen konnten.

Ich entschloß mich zu einem Kompromiß, wollte langsam zur Küchentür schlendern, ihnen Zeit lassen, damit sie sich fassen konnten, und dann John und Beatrice die Entscheidung für die weitere Entwicklung überlassen. Wenn sie nicht darauf zu sprechen kamen, würde ich meinerseits den Vorfall mit keinem Wort erwähnen – jedenfalls nicht gleich.

Ich trat vom Fenster weg, war keine drei Schritte von der Terrasse entfernt, als sich die Terrassentür öffnete und John herausrief: »He, Pete, hierher!«

Ich schaute mich um und versuchte, möglichst überrascht zu tun.

»Nanu, John, bist du auch hier? Ich bin eben angekommen und will Barty und Beatrice ein bißchen von ihrer herrlichen Landluft wegschnappen.«

»Der Assyrer bricht ein wie der Wolf in die Herde«, sagte John und lachte bitter. »Komm doch gleich hier rein.«

»Danke«, sagte ich und betrat den Wohnraum.

Beatrice stand am Kamin.

»Hallo, Beatrice«, sagte ich mit gespielter Fröhlichkeit, »hast du ein Bett frei für einen armen Londoner mit umweltverseuchter Lunge?«

»Natürlich, Pete. Das weißt du doch – sonst wärst du ja nicht hier.«

In der unwahrscheinlichen Geschwindigkeit, mit der Frauen so etwas im Notfall schaffen, hatte sie ihr Haar und ihr Kleid in Ordnung gebracht und sogar noch die Kissen auf dem Sofa aufgeschüttelt.

Sie stand da, die Hände im Rücken verschränkt, und ihre schönen, haselnußbraunen Augen musterten mich ohne Scheu. Ja, sie lächelte sogar in einer freundlichen und einladenden Weise. Nur das Kinn hielt sie ein wenig höher als sonst. Wir begannen eine kurze Unterhaltung, die so bedeutungslos war, wie man es unter diesen Umständen nur erwarten konnte, und wir versuchten alle, völlig normal zu erscheinen. Aber das einzige normale Wesen in dem Raum war Brutus, der alte Bernhardinerhund. Schläfrig streckte er sich vor dem Kamin aus.

»Mein Gott, was für ein schöner Abend«, sagte ich.

»Nicht wahr? Einfach himmlisch«, bestätigte Beatrice.

»Nach dem Sonnenuntergang zu urteilen, wird es morgen auch schönes Wetter geben«, sagte John.

»Ich weiß gar nicht, warum ich noch in London lebe«, erklärte ich und nahm damit einen Gedanken auf, den ich zuvor bei meiner Ankunft gefaßt hatte.

»Warum machst du es nicht wie ich?« fragte John. »Du könntest doch sehr leicht deinen Wohnsitz aufs Land verlegen, da du ohnehin immer zu deinen Hotels unterwegs bist.«

»Vielleicht entscheide ich mich doch noch eines Tages dazu.«

»Hast du schon Tee getrunken?« fragte Beatrice.

»Noch nicht.«

»Dann stelle ich das Wasser auf.«

»Aber nicht nur meinetwegen.«

»Wir haben auch noch nicht Tee getrunken.«

»Ich könnte jetzt eine Tasse heißen Tee recht gut vertragen«, meinte John, und ich dachte: Das wundert mich nicht, Freundchen.

»Oder sogar zwei«, fügte John scherzhaft hinzu. Oder einen verdammt großen Whisky, dachte ich, ohne Soda – doch dazu ist es jetzt leider noch zu früh, mein Junge.

»Und ein paar Scheiben Toast«, stieß John mutig nach. »Was meinst du, Beatrice?«

Vielleicht war es ein Fall von Telepathie, denn gleich danach hielt er eine Sekunde lang inne und sagte dann: »Oder möchtest du einen Whisky, Pete, damit du dich nach der langen Fahrt ein bißchen innerlich aufwärmen kannst? Ich glaube, Beatrice drückt gern ein Auge zu.«

Ich war sicher, ihm fiel schon noch eine Ausrede ein, um mir beim Whisky Gesellschaft zu leisten; das erkannte ich aus dem hoffnungsvollen Blick, mit dem er mich ansah.

»Eine Tasse Tee wäre mir lieber«, sagte ich schließlich.

Danach entstand kurzes Schweigen. Beatrice ging zur Tür.

»Ich bringe erst mal mein Gepäck ins Gästezimmer«, erklärte ich.

Und ich ging nach oben. Beatrice verschwand in der Küche, um das Teewasser aufzusetzen. Nach ein paar Sekunden hörte ich, wie John ihr folgte, hörte, wie sie mit gedämpften Stimmen miteinander sprachen. Ich begann meinen Koffer auszupacken, ließ mir viel Zeit dabei, denn ich wollte den beiden ausreichend Gelegenheit geben, die Situation zu besprechen. Erst nach einer Viertelstunde ging ich wieder hinunter und stellte fest, daß der Tee auf einem Klapptisch vor dem Kamin bereitstand.

Beatrice und John saßen nebeneinander auf dem Sofa und aßen Teestangen. Ich ließ mich in einen der bequemen Sessel sinken und nahm mir auch eine Teestange, wobei mir John übertrieben aufmerksam den Teller mit dem Gebäck reichte. Beatrice schenkte mir eine Tasse Tee ein.

In den folgenden Minuten sprach keiner von uns ein Wort, und ich dachte: Sie haben sich entschlossen, die Angelegenheit mit mir zu diskutieren, sonst hätten sie längst mit einer belanglosen Konversation begonnen. Aber sie brauchten noch ein wenig Zeit, um zur Sache zu kommen. Ich wartete geduldig darauf, daß einer der beiden den Anfang machte.

John sprach als erster. Er wischte sich mit dem Taschentuch ein paar Krümel von der Lippe, trank seine Tasse leer, stellte sie auf das Tischchen, wandte mir sein gerötetes Gesicht zu und sagte: »Na ja, nun weißt du es also.«

»Was?«

»Wie die Dinge zwischen mir und Beatrice stehen.«

Ich zögerte. »Ja.«, sagte ich dann. »Ja, jetzt weiß ich es.«

Er nickte. Beatrice betrachtete ihre Fingernägel. Sie hatte die Hände in den Schoß gelegt.

»Sagen wir besser«, fügte ich hinzu, »ich glaube zu vermuten, wie die Dinge stehen. Aber der Anblick kann täuschen, ich habe allerdings gesehen, wie du sie geküßt hast, wenn es das ist, worauf du hinaus willst.«

»Genau das habe ich gemeint.«

»Nun, das geht mich im Grunde gar nichts an«, fuhr ich fort. »Ich bin ja nicht mit Beatrice verheiratet. Und es ist nicht meine Sache, jetzt einen großen Wirbel zu veranstalten. Beatrice ist schließlich nicht die erste und die letzte Frau, die ein bißchen mit einem sympathischen Mann flirtet, während ihr eigener Mann unterwegs ist.«

Keiner von den beiden sagte ein Wort.

»Was mich betrifft«, brachte ich meinen Gedanken zum Abschluß, »so habe ich im Grunde gar nichts gesehen. Das schwache, flackernde Licht des Kaminfeuers kann einem leicht einen Streich spielen. Ich würde jedenfalls nicht irgendwelche Geschichten verbreiten, die ebensogut aus einer allzu lebhaften Phantasie entstanden sein können.«

Das war meiner Meinung nach ein sehr faires Angebot. Aber ich hatte noch nicht zu Ende gedacht, was für Folgen diese meine Beobachtung für mein persönliches Leben mit sich brachte.

Beatrice war nicht damit einverstanden. Beatrice, die Mutige, die Frau mit dem klaren Verstand, die alle Tatsachen nüchtern ins Auge faßte, lehnte die goldene Brücke ab, die ich ihr gebaut hatte.

»Es ist kein Flirt«, sagte sie entschieden. »Ich liebe John. Und er sagt, daß er mich ebenfalls liebt. Das ist die Situation.«

Das Licht der Stehlampe fiel auf ihr rotes Haar, und ihre Haut sah weich und rosig aus. Sie wirkte hübsch und sehr verführerisch. Und ihre Haltung deutete an, daß sie sich keineswegs schämte. Ihre Stimme war völlig ruhig, ohne das leiseste Zittern. Dennoch wäre es unfair gewesen, sie als schamlos zu bezeichnen: Sie war vielmehr eine furchtlose Frau, die erkannte, daß eine peinliche Situation entstanden war, und den Folgen keineswegs ausweichen wollte.

»Das ist die Situation«, wiederholte sie, während ich schwieg.

»Ich nehme an, ihr beide seid eurer Sache ganz sicher«, sagte ich, und es war mehr eine Feststellung als eine Frage.

»Vollkommen«, erwiderte John mit fester, lauter Stimme.

»Absolut«, sagte Beatrice.

»Also Scheidung?« fragte ich und schaute Beatrice in die Augen. Ich sah zugleich, wie John seine Hand auf die ihre legte, und schloß daraus, daß sie dieses Thema bereits ausführlich erörtert hatten.

Sie schüttelte den Kopf. »Nein, eine Scheidung kommt nicht in Frage.«

»Auch nicht nach einer gewissen Zeit?«

»Weder jetzt noch später. Ich habe mit Barty einen herzensguten Mann kennengelernt und für mich gewonnen, und ich will ihn behalten. Wenn er mich nicht so sehr brauchte – nun, dann könnte man vielleicht darüber reden. Aber ich bin alles, was er auf dieser Welt hat, das weißt du so gut wie ich. Er ist nicht sonderlich erfolgreich im Leben – und im Beruf.«

Sie beugte sich vor und schob ein Scheit näher an die Glut heran. »Ich habe ihn immer noch sehr gern, weißt du. Und ich kann den Gedanken nicht ertragen, was geschehen würde, wenn ich ihn verlasse.«

»Glaubst du, er würde Selbstmord begehen?«

»Das weniger.«

»Was dann?«

Beatrice machte eine vage Handbewegung. »Ach, ich weiß nicht. Vielleicht würde er zu trinken anfangen. Er würde nicht mehr auf seine Kleidung achten. Und man würde ihm kündigen. Oder er würde in die Hände einer kleinen primitiven Nutte geraten, die ihn auf ihr Niveau herabziehen würde.«

»Was sagst du denn dazu, John?« Ich schaute ihn an.

Ich mochte ihn immer gern, den guten John mit seiner irischen Fröhlichkeit, wenngleich ich manchmal dachte, daß er sich in puncto Alkohol und Essen ein wenig gehen ließ. Ich rechnete damit, daß er anderer Meinung war.

»Beatrice kennt Barty besser als ich«, sagte er weich. »Sie ist davon überzeugt, daß er ohne sie vor die Hunde geht. Wahrscheinlich hat sie vollkommen recht. Der arme Teufel hat nicht viel von seinem Leben gehabt.«

Ich fühlte, wie mein Herz schneller pochte. Mit wenigen Worten konnte ich ihr Gewissen erleichtern, konnte die beiden zu den glücklichsten Menschen von ganz England machen, und zugleich Bartys Problem einer positiven Lösung nahebringen.

»Er tut mir so leid«, sagte Beatrice plötzlich. »Ich weiß noch, wie er vor kurzem spät nachts nach Hause kam, sehr müde und ganz ausgefroren. Ich hatte ihm ein Briefchen geschrieben, um ihm ein wenig Mut zu machen, und ihm ein Stück Früchtebrot auf das

Nachttischchen gestellt. Im Halbschlaf hörte ich, wie er den Brief las. Dann kroch er ins Bett, und ich streckte meine Hand zu ihm hinüber. Er war so glücklich darüber, fühlte sich wohl und schlief gleich danach ein. Weißt du, er hat mir so leid getan. Stell dir vor, wenn er in dieser Situation in eine leere, kalte Wohnung kommen würde, wo sich keiner um ihn kümmert! Und genau das würde passieren, wenn ich ihn verlasse und John heirate.«

»Er arbeitet ziemlich schwer«, sagte John und stand auf, um noch ein paar Scheite nachzulegen. »Und dennoch kommt er nicht weiter. Das ist das Dumme. Er ist einfach kein guter Geschäftsmann.«

»Er ist zu bescheiden«, meinte Beatrice. »Zu bescheiden und zu höflich. Wenn er erfolgreicher wäre, wenn er in seinem Beruf viel Geld verdienen würde, könnte ich ihn vielleicht verlassen.«

»Aber du kannst es nun einmal nicht«, meinte John. »Das ist die Ironie des Schicksals. Er ist ein Versager in seinem Beruf, und gerade deshalb, weil er ein Versager ist, hat er Erfolg bei dem einzigen Menschen auf dieser Welt, den er liebt. Seltsam, nicht wahr?«

Beatrice spürte die Bitterkeit in seinen Worten.

Sie ergriff seine Hand, hielt sie fest und schaute zu ihm auf.

Ich dachte: Bartels hat recht. Es gibt tatsächlich einen Mann auf dieser Welt, den sie wirklich lieben kann – so lieben, wie Bartels von ihr geliebt werden wollte. Und nun hat sie diesen Mann gefunden.

Aber mittlerweile hatte ich mich, skrupellos in dem Wunsch, das festgesetzte Ziel zu erreichen, zu einem Entschluß durchgerungen. Genauso, wie ich den Keim des Zweifels in Lornas Gedanken gesät hatte, verbannte ich jetzt das Bedürfnis, Beatrice und John O'Brien die tatsächliche Situation darzulegen. Denn sobald Philip Bartels seine Freiheit erlangte, hatte ich Lorna für immer verloren.

Und ich hatte nicht die Absicht, Lorna zu verlieren.

Bartels, dieser allzugütige und selbstlose Mensch, hätte zweifellos ganz anders gehandelt. Aber Bartels war ein Versager. Ich nicht. Also brauchte ich gar nicht allzu lang über meine Entscheidung nachzudenken.

Ich sprach leise und ein wenig traurig, ganz im Ton eines Freundes, der lange darüber nachgedacht hat und zu dem Entschluß gekommen ist, daß er seine Meinung dennoch nicht hinter dem Berg halten darf: der gute, alte Freund des Hauses, der seine Pflicht tut; der vertraute Ratgeber, der unparteiisch und wohlwollend urteilt und seine Meinung auf die Waagschale legt. Was für eine Heuchelei!

»Wollt ihr hören, was ich davon halte?« fragte ich leise. Und noch ehe die beiden antworten konnten, fuhr ich fort: »Ich glaube Beatrice hat recht.«

Sie wandte mir rasch den Kopf zu, schaute mich an, dann senkte sie den Blick. Es war nur ein kurzes Aufflackern, und dennoch konnte ich den Schmerz in ihren Augen entdecken – als hätte sie gehofft, trotz allem, was sie zuvor gesagt hatte, daß ich ihren Argumenten widersprechen würde.

Und ich bemerkte auch deutlich den Anflug von Verzweiflung in ihrer Miene. Als ob ihre Hoffnung nunmehr endgültig begraben sei. Ich bedauerte es, aber es berührte mich kaum.

»Ich glaube, er wäre sehr einsam ohne Beatrice«, sagte ich. »Und ich bin überzeugt, daß er seinen Schmerz auf die eine oder andere Weise betäuben würde. Höchstwahrscheinlich durch Alkohol. Ich fürchte, er würde früher oder später seine Stellung verlieren. Er ist doch nicht unentbehrlich in seiner Firma, oder?«

Beatrice sagte: »Ich danke dir dafür, daß du so offen deine Meinung sagst.«

John schwieg eine Weile, dann erklärte er: »Glaubst du nicht, daß er vielleicht noch einmal heiraten wird? Besteht dazu keine Möglichkeit?«

Ich hörte den drängenden Ton in seiner Stimme, erkannte, daß es ein letzter, verzweifelter Appell war, ein Appell an den Freund und Richter. Der arme John tat mir aufrichtig leid. Aber zugleich dachte ich an mein Ziel und ließ mich von meinem Entschluß nicht abbringen.

»Nein, das glaube ich nicht«, sagte ich mit großer Entschiedenheit. Und um diesen Punkt noch zu untermauern, fügte ich hinzu: »Ich glaube, er könnte sich nie in eine andere Frau verlieben. Vergeßt nicht: ich kenne ihn schon aus meiner Jugendzeit.«

Ich stand auf, ging zur Terrassentür und schaute hinaus in die Dunkelheit. Der Wind hatte sich verstärkt, und die Bäume mit ihren dunklen Silhouetten kratzten gegen den schwach schimmernden, klaren Nachthimmel. Ich dachte, in zwei, höchstens in drei

Stunden wird Bartels Lorna verlassen müssen. Die Welle der Eifersucht stieg höher und höher.

Ich ballte die Fäuste in den Hosentaschen und drehte mich ruckartig um.

»Ich glaube, es besteht nicht die geringste Chance, daß er noch einmal heiraten wird«, sagte ich laut und mit rauher Stimme.

Gegen 21.30 Uhr kam er nach Hause: Philip Bartels, mein Jugendfreund. Beatrice war sehr nett zu ihm, und er war sehr nett zu Beatrice.

Er freute sich sehr, mich zu sehen. Jedenfalls sagte er es mehrmals.

Ich ahnte nicht, daß in der Innentasche seines Mantels ein Fläschchen mit der Aufschrift ›Aspirin‹ steckte, daß er dieses Fläschchen schon seit ein paar Tagen mit sich herumtrug, und daß sein Inhalt keineswegs mit der Aufschrift übereinstimmte.

12

Den folgenden Sonnabend werde ich nie vergessen, denn es war der letzte Tag, den Philip und Beatrice Bartels mit mir zusammen verbrachten.

Das konnte ich damals freilich noch nicht wissen, und es gab nichts, was darauf hingewiesen hätte. Es war einer jener Tage, an denen man glauben möchte, der Winter sei schon vorüber und der Frühling stehe vor der Tür: Die Sonne schien von einem wolkenlosen, blauen Himmel, und die Reifkristalle auf dem Rasen funkelten und blitzten im hellen, kräftigen Licht.

Ich schlafe grundsätzlich bei offenem Fenster, aber als ich an jenem Morgen aufstand, öffnete ich es noch weiter, schaute hinaus, atmete tief durch und freute mich meines Lebens.

Die Luft war kalt, und da ich keinen Morgenmantel anhatte, drang sie rasch durch den dünnen Stoff meines Pyjamas, strich mir über das Gesicht, den Hals und die Brust – ein höchst angenehmes Gefühl, wie eine kräftige Massage.

Es war schon ziemlich spät, nach neun Uhr, doch die Bartels' ließen sich an den Wochenenden viel Zeit, wie es ja auch richtig ist, und wir trafen uns meist erst gegen zehn beim Frühstück.

Ich schloß das Fenster, duschte und zog mich an, dann ging ich hinunter ins Wohnzimmer. Beatrice und Barty saßen bereits am Frühstückstisch und lasen die Morgenzeitungen.

Wir redeten nicht viel miteinander. Ich nehme an, jeder von den beiden wußte, daß ich sein Geheimnis teilte. Und mir war in erster Linie darum zu tun, daß keiner von beiden dem anderen seine wahren Gefühle mitteilte.

Ich fand, Beatrice erwies sich auch in dieser Situation als der bessere, stärkere Charakter: Sie hatte sich nun einmal entschieden und Barty aus reinen Vernunftsgründen geheiratet, also blieb sie auch bei ihrer ersten Entscheidung, selbst wenn ihr das Herz dabei brechen würde.

Im Gegensatz zu Philip Bartels. Wenn es mir nicht gelang, das zu verhindern, würde er seine Verbindung mit Beatrice lösen und Lorna heiraten.

Und da der Fall so lag, mußte ich in zwei verschiedenen Richtungen tätig werden, ohne lange zu zögern. Ich mußte einerseits Beatrice und John O'Brien davon abraten, irgendwelche Schritte zu unternehmen und andererseits Lorna Dickson davon überzeugen, daß es unrecht war, Bartels seiner Frau wegzunehmen.

Doch schon am selben Vormittag drohten meine beiden Pläne auf unerwartete Weise zu scheitern.

Zunächst lief alles wie gewünscht. Nach dem Frühstück ging Bartels hinaus in den Garten, um ein Spalier festzumachen, das sich bei dem starken Wind der vergangenen Nacht gelöst hatte, und ich bot Beatrice meine Hilfe beim Abspülen an.

Beatrice spülte, ich trocknete das Geschirr. Zuerst sprachen wir kein Wort; jeder ahnte, woran der andere dachte, und jeder zögerte, das Thema zur Sprache zu bringen. Wahrscheinlich wußte Beatrice nicht, wie sie anfangen sollte, und mir ging es ebenso.

Schließlich, als ich gerade die letzten Messer abtrocknete, sagte ich unvermittelt: »Ich habe noch einmal über dich und John nachgedacht.«

»Und mit welchem Ergebnis?«

Sie wandte mir den Kopf zu und schaute mich erwartungsvoll und zugleich ein wenig ängstlich an. Ich weiß nicht, ob sie hoffte, ich hätte meine Meinung nun doch noch geändert, oder ob sie Angst davor hatte, ich könnte ihre nun einmal getroffene Entscheidung mit weiteren Argumenten wieder in Frage stellen.

»Ich bin überzeugt, daß ihr beide, du und John, gut zueinander paßt, aber ich weiß nicht, ob man sein Glück auf dem Unglück eines dritten aufbauen kann.«

»Ich glaube nicht«, sagte sie. »Du hast recht.«

»Es gibt Leute, die das ohne weiteres fertigbringen, Beatrice. Aber du nicht. Dazu hast du ein viel zu waches Gewissen.«

»Ja.«

Sie wischte sich die Hand an ihrer Schürze ab und strich eine Locke aus ihrer Stirn zurück. Ihre Unterlippe zitterte. Noch einmal strich sie sich mit der Hand über Stirn und Augen.

»Ich wollte, ich könnte dir einen anderen Rat geben. Ich wäre jederzeit bereit, Barty zu opfern, wenn ich wüßte, daß du mit John glücklich werden könntest.«

Sie stand am Spültisch, sagte kein Wort und reinigte ein Marmeladenglas mit dem kleinen Bürstchen, drehte das Bürstchen immer und immer wieder in dem Glas, das längst sauber war.

»Vielleicht könnte John glücklich werden«, fuhr ich fort, »aber du nicht, meine liebe Beatrice. Deine Gedanken wären immer bei Barty, und das würde alles vergiften. Ich fürchte, es würde sogar dein Verhältnis zu John empfindlich stören.«

Die Wintersonne schien durch das kleine Fenster und streifte ihr schönes, rotes Haar. Wieder warf mir Beatrice einen kurzen Blick zu, und dabei sah ich die Tränen in ihren Augen. Sie nickte, lächelte sehr zaghaft und beugte sich wieder über den Spültisch. Und während der ganzen Zeit rührte sie mit dem kleinen Bürstchen in dem Marmeladenglas herum.

Einen Augenblick lang wurde mir trotz meines festen Entschlusses das Herz unsäglich schwer, nicht nur, weil ich sah, wie sehr diese Frau litt, sondern weil ich beschämt war über den Verrat, den ich an meinen Freunden beging.

Plötzlich warf ich das Trockentuch über eine Stuhllehne, murmelte eine Entschuldigung und lief rasch hinaus aus der Küche.

Ich ging hinüber in den Wohnraum und schritt ruhelos vor dem Kamin auf und ab.

Konnte ich diese Last tatsächlich auf mich laden?

Ich war nicht so hart, wie ich immer geglaubt hatte. Das also war das unsichtbare X, der berühmte, unberechenbare Faktor, der meine Pläne zunichte machen würde.

Ich hatte die Möglichkeit, drei Menschen glücklicher denn je zu machen, und einen vierten verhältnismäßig glücklich. Und wie das nicht selten bei skrupellosen Menschen der Fall ist, überschwemmte mich eine Woge von geradezu ekelhafter Sentimentalität.

Doch nach einer Weile ebbte sie allmählich wieder ab.

Mir war kalt geworden. Ich zündete mir eine Zigarette an, warf das Streichholz in den Kamin, stand da, rauchte und schaute hinaus in den Garten. Bartels war mit dem Spalier fertig und mußte irgendwo im Gemüsegarten sein, denn ich konnte ihn von meinem Platz aus nicht sehen.

Ich hätte nie gedacht, daß ich bereit sein könnte, meine eigenen Interessen für jemand anders zu opfern – nicht einmal für Beatrice und Bartels.

Aber genau das war es, was ich jetzt beschlossen hatte.

Ich ging zur Tür, hinaus auf den Gang und hinüber in die Küche. Mein Herz schlug ein wenig heftiger als sonst, aber ich war absolut entschlossen, der bösen Komödie ein Ende zu bereiten. Beatrice war mit dem Abtrocknen fertig und säuberte den Küchenboden mit einem Mop. Die Tür zum Garten stand offen. Brutus, der Hund, lag dösend auf dem Abstreifer.

Ich stand ein paar Sekunden unter der Tür zum Gang und beobachtete Beatrice.

»Beatrice«, begann ich zögernd, denn nun war ich bei den Worten angekommen, die ich aussprechen mußte, ob ich wollte oder nicht. Sie schaute auf, sagte aber nichts.

»Beatrice«, wiederholte ich. Sie hielt inne mit ihrer Arbeit und drehte sich zu mir um. Eine Haarsträhne hing ihr ins Gesicht. Beatrice wirkte teilnahmslos und sah abgespannt aus.

»Ja?«

Seltsamerweise spürte ich in diesem Augenblick ein ausgesprochenes Glücksgefühl. Selbst heute noch kann ich mich genau daran erinnern. Es war das selbstlose reine Glück, das nur der Gebende kennt.

Ich zögerte noch eine Sekunde, betrachtete Beatrices unglückliches Gesicht und dachte an die wilde, ungezügelte Freude, die ich ihr mit meinem nächsten Satz vermitteln würde. Dennoch fühlte ich mich weder erhaben noch tugendsam – nur glücklich. Es war höchst seltsam.

Aber in diesem Augenblick hob Brutus den Kopf.

Ich hörte Schritte, dann ein Geräusch, als Bartels den Schmutz von seinen Schuhen abkratzte. Und ich mußte an ihn denken, an ihn, wie er mit Lorna zusammen war, wie er seine breiten, farblosen Froschlippen auf ihren Mund preßte, wie seine tiefe, melodiöse Stimme ihr zärtliche Worte ins Ohr flüsterte. Ich stellte ihn mir vor, wie er mit ihr verheiratet war, und was das alles für mich bedeuten würde. Nein, diese Vorstellung konnte ich einfach nicht ertragen.

»Beatrice«, sagte ich laut, »gehen wir doch um zwölf hinüber in die Kneipe auf einen kleinen Drink vor dem Essen – was hältst du davon?«

Wäre Bartels auch nur zwei Minuten länger draußengeblieben, dann hätte sich die Situation auf einen Schlag vollkommen geändert.

Wir gingen nicht in die Kneipe. Beatrice sagte, sie müsse in der Küche bleiben und sich um den Braten kümmern. Es war mein Braten. Ich brachte immer ein schönes Stück Fleisch mit, wenn ich die beiden zum Wochenende besuchte. Selbst in diesen schlechten Zeiten war es für mich kein Problem, mir über eines meiner Hotels ein ordentliches Stück Fleisch zu besorgen.

Bartels fragte mich, ob ich ihn auf einen Spaziergang mit Brutus begleiten wolle. Ich sagte bereitwillig zu, denn mich umgab noch immer jene Welle von Eifersucht, und die törichte, großzügige Schwäche, die mich zuvor übermannt hatte, wurde nun wieder durch das schon bekannte Gefühl ersetzt, daß ich kämpfen wollte, kämpfen um das, was ich liebte, mit allen Mitteln und jeglichem Einsatz – auch mit unfairen Methoden, wenn es nicht anders ging.

Ich glaubte, ich hatte meine Chance während diesem Spaziergang sehr gut genützt, denn ich nahm ihm das Versprechen ab, Beatrice auf keinen Fall vor Ostern zu verlassen, wobei ich ihn daran erinnerte, daß sie an Ostern für zwei Wochen zu ihren Eltern fahren wollte, und daß sie der Schock weniger schwer treffen würde, wenn sie sich in der Zeit bei ihrer Familie aufhielt.

Er versprach es nur allzu bereitwillig.

Wenn ich an seine bereits gefaßte Absicht denke, überrascht mich das keineswegs.

Zurückblickend fällt mir auch auf, daß er während dieses Spaziergangs besonders nett zu dem Hund war. Er hatte sich schon beim Frühstück um Brutus gekümmert, und ihn mit kleinen Bissen vom Tisch gefüttert, was er sonst niemals tat, und dabei hatte er ihn immer wieder gestreichelt.

Und anschließend, an diesem herrlichen Februartag, führte er ihn an Hecken entlang, wo er vielleicht den Geruch von Feldhasen wittern konnte, ermunterte ihn mit leisen, zärtlichen Worten, rief ihn immer wieder zu sich und streichelte ihm die Ohren.

Brutus schien für einige Zeit seine jugendliche Lebenskraft zurückzugewinnen, und obwohl er nicht mehr allzu schnell laufen konnte, zeigte er wenigstens die frühere Begeisterung, schnüffelte in den Hecken herum und wedelte mit dem Schwanz; dabei stöberte er sogar tatsächlich einen Hasen auf und trottete aufgeregt hinter ihm her, bis er die Jagd nach zehn oder fünfzehn Metern wegen Atemnot aufgeben mußte.

Bartels war schweigsamer als sonst, und ich erkannte im hellen Licht der Sonne harte, ausgeprägte Züge auf seinem Gesicht und tiefe Schatten unter den Augen, die ich noch nie zuvor an ihm gesehen hatte.

Er sprach mit mir über seine Zukunftspläne mit Lorna; redete davon, daß Lorna wenigstens für eine Weile ihr Geschäft weiterführen würde.

»Aber sie sagt, es macht ihr gar nichts aus«, fügte er hinzu.

»Sie ist nicht die Frau, die sich nach der Heirat in den Ruhestand begibt«, antwortete ich. Und zugleich dachte ich: Wenn es nach mir ging, woran ich nicht zweifelte, dann würde Lorna nie mehr für andere Leute schneidern müssen, sondern nur noch für sich selbst, und auch nur dann, wenn sie es ausdrücklich wollte.

»Aber ich hoffe, ich kann sie bald davon befreien«, sagte Bartels.

»Ja?«

»Sie ist eine Frau, der jeder Mann die ganze Welt zu Füßen legen möchte.«

»Wirklich?«

Ich dachte daran, wie seltsam es doch war, daß die Liebe selbst einen intelligenten Mann wie Bartels dazu brachte, die lächerlichsten Platitüden, Klischees und Phrasen zu benützen, wenn er seinen Gefühlen Worte verleihen wollte.

»Wenn ich Lorna heirate, werde ich darauf bestehen, daß man mir eine bessere Stellung in meiner Firma gibt, irgendwo im Hauptbüro. Bei Gott, ich habe es mir in all den Jahren verdient. Und ich werde es verlangen.«

»Aha. Und wenn sie deinen Wunsch nicht berücksichtigen?«

»Dann werde ich sie dazu zwingen.«

»Großartig.«

»Ich sehe nicht ein, warum ich nicht eines Tages sogar zum Direktor befördert werden soll.«

»Nein, natürlich. Warum auch nicht? Ich hoffe, du brauchst nicht mehr allzu lange warten.«

Es war einer jener typischen, aufmunternden Sätze, mit denen man einen Versager aufzumuntern pflegt. Wenn ein Mann Erfolg hat, braucht man nicht mit ihm über Möglichkeiten und Chancen reden.

Die Vorstellung, Bartels könnte eines Tages zum Direktor aufsteigen, war ausgesprochen lächerlich. Er war kein sehr guter Vertreter, und er besaß weder Organisationstalent noch Energie genug, um sich nach oben durchzuboxen. Aber meine Worte schienen ihn zu ermutigen.

»Meinst du das ehrlich?« fragte er. Seine Augen strahlten, und die scharfen Linien und Schatten waren verschwunden.

»Natürlich.«

»Wenn ich Erfolg habe, dann nur durch Lornas guten Einfluß.«

»Das sagtest du bereits.«

»Sie gibt mir das Gefühl, als ob ich erfolgreich sei in meinem Beruf.«

»Das bist du doch auch, oder?« sagte ich freundlich.

Meine Eifersucht war verschwunden. Ich betrachtete seine magere Gestalt, die vor mir den schmalen Pfad entlangging, seine lächerliche Locke, die der Wind einmal nach oben gezaust hatte, und ich beneidete ihn nicht um seine plötzlich erwachte Zuversicht.

»Ich hoffe, du kommst oft zu uns zu Besuch, wenn wir erst verheiratet sind, Lorna und ich«, sagte er über die Schulter zu mir.

Ich hätte beinahe laut gelacht. »Das ist sehr nett von dir, Barty. Ich nehme die Einladung mit Freuden an.«

Danach ging er schweigend weiter. Brutus wurde nun doch allmählich müde und trottete hinter uns her. Jetzt interessierte er sich kaum noch für Gerüche, die er in der Hecke aufspüren konnte.

»Ich möchte dir noch etwas sagen«, erklärte Bartels unvermittelt. Wir hatten ein Weidegatter erreicht, lehnten uns dagegen und zündeten uns die Pfeifen an. Der Hund, froh, eine Pause einlegen zu können, warf sich vor uns auf den Boden.

»Nun raus mit der Sprache«, sagte ich geistesabwesend.

»Ich möchte dir sagen, wie viel es für mich bedeutet, gerade in diesen Tagen auf deine Freundschaft zählen zu können.«

»Das ist doch nicht der Rede wert«, entgegnete ich. Ich brachte es nicht fertig, ihn dabei anzuschauen.

»Für dich vielleicht, aber für mich ist es sehr wichtig.«

»Ich habe doch gar nichts getan«, erwiderte ich unbehaglich. »Du wärst auch ohne mich gut zurechtgekommen.«

Doch er schüttelte den Kopf.

»Ich frage mich manchmal, ob ich es überhaupt durchstehen würde, ohne mich bei jemandem wie dir aussprechen zu können. Ich glaube, ohne dich hätte ich es schon längst aufgegeben.«

Eine Sekunde lang hatte ich das Gefühl, eine kräftige, kalte Hand halte mein Herz umklammert.

»Ich glaube, wir sollten uns allmählich auf den Rückweg machen«, sagte ich und wandte mich um.

Kurz nach dem Lunch starb Brutus.

Und zwar unter folgenden Umständen:

Bartels und ich waren zusammen mit dem Hund vom Spaziergang zurückgekommen. Beatrice hatte die Hausarbeit hinter sich, die sie an den Wochenenden im Landhaus verrichten mußte, und die Vorbereitungen für das Mittagessen waren ebenfalls weitgehend erledigt. Sie hatte uns im Wohnzimmer ein Tablett mit Drinks bereitgestellt und las Zeitung, als wir das Haus betraten.

Wir genehmigten uns Aperitifs vor dem Essen, und Bartels und ich setzten uns ebenfalls nieder, um die Zeitungen durchzusehen. Der Hund, müde nach dem langen Spaziergang, aber keineswegs erschöpft, lag auf seiner Decke vor dem Kamin. Er leckte sich eine

Weile die Pfoten, dann ruhte er zufrieden aus, ohne jedoch dabei einzuschlafen.

Nach einer Weile rief ihn Bartels zu sich. Das Tier hob seinen schweren Kopf und blinzelte mit seinen halbblinden Augen in Bartels' Richtung. Er wedelte langsam und faul mit dem Schwanz, machte aber keine Anstalten aufzustehen.

Bartels rief ihn noch einmal, und diesmal erhob er sich mühsam und trottete zu dem Sessel, in dem Bartels saß. Er legte seinen Kopf auf Bartels' Knie, und sein Herrchen streichelte ihn, kratzte ihn hinter den Ohren und strich sachte mit den Fingerspitzen über seine Schnauze.

Einmal beugte sich Bartels sogar hinunter und rieb seine Wange am Kopf des Hundes. Beatrice machte eine Bemerkung darüber, daß der Hund ihre Ehe von Anfang an begleitet habe, denn sie hatten ihn als Welpen gleich nach der Hochzeitsreise gekauft. Bartels gab keinen Kommentar dazu.

Kurz danach ging Beatrice in die Küche, um das Mittagessen zu servieren.

Ein wenig später gingen wir alle hinüber ins Eßzimmer, und Brutus folgte uns. Als wir mit dem Essen fertig waren, schnitt Bartels ein paar Fleischstückchen vom Rand des übriggebliebenen Bratens ab und legte sie in eine leer gewordene Schüssel.

Dann ging er hinaus in die Küche, sagte, daß er dem Hund zu den Fleischstücken etwas Hundekeks geben wolle. Etwa fünf Minuten später kam er zurück mit dem Freßnapf. Beatrice bemerkte, daß er lange dazu gebraucht habe. Ob er die Hundekuchen nicht habe finden können?

Bartels schüttelte den Kopf. Nein, er habe sie gleich gefunden.

Er stellte den Napf an die Wand neben die Kommode und rief dann Brutus zu sich. Er legte dem Hund die Hand auf den Rücken, während dieser zu fressen begann, ließ sie ein paar Sekunden dort liegen und kehrte dann zu seinem Platz am Tisch zurück.

Inzwischen hatten wir uns Zigaretten angezündet. Ich unterhielt mich mit Beatrice, und Bartels machte keine Anstalten, unserem Gespräch zuzuhören oder sich daran zu beteiligen. Er saß da und beobachtete den Hund.

Als der Hund den Napf leergefressen hatte, sah ich aus den

Augenwinkeln, wie er sich erhob und auf die Terrassentür zuging. Aber er kam nicht weit.

Etwa zwei Meter vor der Tür sank er langsam zu Boden und fiel auf die Seite. Er seufzte noch einmal, als sei er sehr müde, dann bewegte er sich nicht mehr.

Bartels sprang fast im selben Augenblick auf, ging zu dem Hund hinüber und sagte schon kurz danach mit merkwürdig gepreßter, hoher Stimme: »Ich glaube, unser guter, alter Brutus ist gestorben.«

Beatrice stieß einen leisen Schrei aus, hielt sich die Hand vor den Mund, stand jedoch nicht von ihrem Platz auf. Ich ging zu Bartels hinüber, schaute den Hund an und konnte nur bestätigen, was Bartels gesagt hatte.

Bartels blieb auf den Knien, die rechte Hand in der Herzgegend des Tieres, die Augen auf Beatrice gerichtet. Er erklärte: »Kein Zweifel, er ist tot. Ein wunderbarer Tod – keine Ängste, keine Schmerzen, kein Todeskampf. Er ist einfach eingeschlafen.«

Beatrice hatte sich erhoben, kam herüber zu uns. Sie biß sich in die Knöchel der rechten Hand. Und sie schaute hinunter auf das verendete Tier. Ihre Augen wurden feucht, aber sie weinte nicht.

»Armer Brutus«, sagte sie. »Das Haus wird leer sein ohne dich. Aber wenigstens hast du nicht leiden müssen.«

Ich erinnerte mich genau, wie mir der seltsame Blick auffiel, mit dem Bartels seine Frau betrachtete. Aber damals dachte ich mir nichts dabei. Ich hörte, wie er sagte: »Das ist der entscheidende Punkt. Er hat nicht leiden müssen. Gar nicht. Und schließlich mußte er ja einmal sterben. Wie wir alle. Ein paar Tage, ein paar Monate früher oder später – worin liegt da der Unterschied? Es kommt nicht darauf an, wann man stirbt, sondern wie.«

Ich erinnerte mich, daß er das schon einmal gesagt hatte, damals auf dem Schloß in Frankreich. Aber ich maß auch dieser Bemerkung keine sonderliche Bedeutung bei.

Wir begruben den Hund unter einem grasbewachsenen Hügel am Rand des Gartens, nachdem wir ihn zuvor in eine alte Militärdecke eingewickelt hatten. Beatrice sagte, sie wollte einen Stein mit Brutus' Namen besorgen. Bartels zuckte mit den Schultern und erklärte: »Wenn du meinst. Aber wenn wir von hier verschwinden, ist es mit uns ein für allemal vorbei. Es ist nur eine Frage der Zeit, bis auch der Stein nicht mehr da ist.«

Er hatte einen merkwürdigen Sinn für die Unausweichlichkeit, mit der alles in Vergessenheit geriet.

Ich erklärte, daß ich in London verabredet sei, und überließ die beiden, Beatrice und Bartels, ihren Gedanken und Taten. Ich sollte sie nie wieder zusammen sehen.

Kurz bevor ich abfuhr, ereignete sich ein unangenehmer, kleiner Zwischenfall. Beatrice strickte an einem Pullover, und Bartels, der ihr gegenüber am Kamin saß, hatte bis vor kurzem gelesen; doch jetzt ließ er das Buch sinken und starrte Beatrice an; er war offensichtlich in Gedanken versunken.

Dicht an der Wand stand ein kleines Tischchen, und darüber hing ein Ölgemälde, eine Landschaft in einem altmodischen, holzgeschnittenen Rahmen. Nach einer Weile schaute Bartels auf das Bild, sah, daß es nicht gerade hing, und stand auf, um es zurechtzurücken.

Er legte das aufgeschlagene Buch auf das Tischchen und bewegte den Rahmen. Dabei fiel ein großer, haariger Nachtfalter, der sich im vergangenen Herbst hinter dem Bild verkrochen haben mußte, mit einem leisen, dumpfen Geräusch auf die offenen Seiten des Buches.

Bartels stieß einen seltsamen Ton aus, halb Schrei, halb Stöhnen, und zuckte zurück. Sein Gesicht war rot angelaufen; er starrte auf das tote Insekt und wagte nicht, es zu berühren.

Beatrice legte ihr Strickzeug weg, ging zu dem Tischchen und faßte den Nachtfalter an den Flügeln. Dann trat sie an den offenen Kamin.

»Nicht ins Feuer!« stöhnte Bartels, doch da war es schon zu spät. Der tote Nachtfalter berührte kaum die Glut, als auch schon eine kleine Flamme hochschoß, ein paar Sekunden lang flackerte und wieder erstarb. Bartels hatte sich rasch umgedreht und die Hände vors Gesicht geschlagen, wie damals auf dem Schloß, als ein Schmetterling in den Kamin geflogen war.

»Warum denn nicht ins Feuer?« fragte Beatrice. »Er war doch tot, oder?«

Liebe, praktische, vernünftige Beatrice!

Sie ging hinaus in die Küche. Kurz danach folgte ich ihr, um mich zu verabschieden. Sie rollte gerade Fischfilets in Paniermehl, schaute zu mir auf und sagte leise und traurig: »Siehst du, wie sehr er mich braucht?«

Das wäre meine letzte Chance gewesen. Aber ich nahm sie nicht wahr.

Im Gegenteil, ich erklärte ihr mit dem bedauernden Ton, der mir so leicht fiel: »Er braucht dich wirklich. Ja, Beatrice, darüber besteht kein Zweifel.«

Dann küßte ich sie auf die Wange.

Ich ging hinaus und ließ sie allein mit Philip in dem Landhaus zurück.

Der Rest des Abends war für mich wie ein wahnsinniger Rausch: fröhliches Lachen, köstliches Essen, guter Wein und eine verrückte Autofahrt.

Ich fuhr zu Lorna, hielt vor ihrem Haus an, daß der Kies hochspritzte, hupte ein paarmal, sprang aus dem Wagen und drückte auf die Klingel, ohne den Knopf loszulassen.

Sie kam an die Tür.

»Hallo, Peter«, sagte sie. »Was für ein Aufruhr. Brennt es irgendwo, oder –«

Ich ließ sie nicht aussprechen, packte sie an der Hand, zerrte sie ins Haus und schlug die Tür zu.

»Kommen Sie!« rief ich laut. »Kommen Sie, ziehen Sie sich was Hübsches an und machen Sie sich fertig. Wir fahren in die Stadt, wir feiern ein Fest!«

»Feiern – was wollen Sie denn feiern, um Himmels willen?« fragte sie und begann zu lachen.

»Das überlegen wir uns unterwegs. Kommen Sie, junge Frau, gehen Sie hinauf und ziehen Sie sich was Hübsches an. Verschwenden Sie doch nicht die kostbare Zeit, Lorna Dickson; in einer Nacht wie dieser sollte keine hübsche Frau allein in ihrem Haus auf dem Land bleiben.«

»Was ist denn so Besonderes an diesem Abend?« fragte sie, während ich sie sachte in Richtung auf die Treppe schubste.

»Gar nichts. Aber ich finde, eine Frau wie Sie sollte an keinem Abend allein bleiben. Das ist gefährlich. Los, hinauf mit Ihnen!«

»Aber wohin fahren wir denn überhaupt?« fragte sie protestierend.

»Erstens fahren wir nach London, nehmen einen kleinen Drink zum Aufwärmen und essen einen Happen geräucherten Lachs; zweitens sehen wir uns eine amüsante Show an. Drittens gehen wir anschließend schön zum Abendessen und danach in einen schicken Nachtklub. Viertens fahren wir hierher zurück. Okay?«

»Aber Sie können mich doch danach nicht den ganzen weiten Weg hierher zurückfahren?«

»Warum nicht?«

»Wenn Sie das tun, kommen Sie frühestens um vier Uhr morgens nach Hause.«

»Na und«, entgegnete ich. »Genau so habe ich es mir vorgestellt. Jetzt widersprechen Sie mir nicht dauernd und ziehen Sie sich um.«

Sie zögerte, dann plötzlich wandte sie sich der Treppe zu und lief leichtfüßig hinauf.

»In zehn Minuten bin ich soweit«, sagte sie über die Schulter zu mir.

»Zu lang«, rief ich nach oben. »Sieben Minuten. Sonst kühlen die Pferde aus.«

Sie blieb stehen und schaute über das Treppengeländer. »Wenn der Kutscher einen Drink haben möchte, muß er sich selbst bedienen.«

»Der Kutscher dankt.«

So werde ich sie immer vor mir sehen: den Kopf über dem Treppengeländer, die graublauen Augen funkelnd vor unerwarteter Freude über das bevorstehende Vergnügen.

Ich hatte auf zwei Dinge gesetzt: auf ihre Einsamkeit und auf meine Überrumpelungstaktik. Ich wollte ihr nicht Zeit lassen, darüber nachzudenken, ob Bartels etwas dagegen haben konnte. Ja, ich wollte sie überhaupt nicht erst zum Nachdenken kommen lassen.

Und das gelang mir an diesem Abend vorzüglich.

Ich glaube, es war der erste teure Abend in London, den sie seit sehr langer Zeit erlebte. Bartels hatte bestimmt nicht genug Geld, um Lorna das zu bieten, was ich ihr an diesem Abend bot. Die Fröhlichkeit und das Gelächter schienen nicht enden zu wollen; erst auf der Heimfahrt wurden wir beide etwas stiller.

Wir hatten die Ortsumgehung von Kingston bereits hinter uns

und erreichten eben die Haarnadelkurve hinter Esher, als ich Lorna fragte, ob sie mich am kommenden Wochenende wieder zu einer netten Show nach London begleiten wolle.

Sie sagte nichts, aber es war nicht schwer, zu erraten, was sie dachte. Also antwortete ich für sie: »Ich glaube, Barty hätte nichts dagegen.«

»Vielleicht beneidet er uns ein bißchen. Er ist so ein netter großzügiger Mensch, aber er kann sich einen Abend wie diesen einfach nicht leisten. Ich fürchte, er wäre verletzt – wenn Sie verstehen, was ich damit meine.«

Ich drückte aufs Gaspedal, überholte einen Lastwagen und verlangsamte dann wieder die Fahrt.

»Ich zweifle daran, ob Barty das Recht hat, sich verletzt zu fühlen«, erklärte ich nachdrücklich.

»Was wollen Sie damit sagen?«

»Das wissen Sie doch genau, Lorna.«

»Ja«, erwiderte sie leise. »Ja, das weiß ich.«

Ihre rechte Hand lag auf dem Sitz neben mir. Ich berührte sie mit meiner Linken und sagte: »Wissen Sie, meine liebe Lorna, Barty ist ein unverbesserlicher Romantiker. Er sucht ständig nach – nach Perfektion.«

Ich deutete einen Händedruck an und nahm dann sofort wieder die Hand ans Lenkrad.

»Glauben Sie? Ständig? Wollen Sie mir damit sagen, daß ich nicht das erste Ergebnis seiner Suche nach Perfektion bin, wie Sie es nannten?«

Ich schüttelte den Kopf. »Das weiß ich nicht. Vielleicht. Vielleicht auch nicht. Wenn ich es wüßte, würde ich es Ihnen nicht sagen. Es geht mich nämlich nichts an.«

Lorna schwieg. Sie hatte ihre Hand nicht von der Stelle genommen, aber ich widerstand der Versuchung, sie noch einmal zu berühren, und spielte statt dessen meinen wichtigsten Trumpf aus.

»Außerdem wird er sich überlegen müssen«, erklärte ich möglichst beiläufig, »ob er mit seiner Absicht Beatrice nicht gesundheitlich einen schweren Schaden zufügt.«

»Gesundheitlich?«

»Ja.«

»Warum – was ist mit ihrer Gesundheit? Barty hat mir nie gesagt, daß da etwas nicht in Ordnung ist.«

Arme Lorna. Ich ahnte, wie die kalten Finger des Zweifels und der Angst nach ihrer Kehle griffen, sie allmählich zuschnürten. Ich sehnte mich danach, einfach anzuhalten und Lorna in meine Arme zu nehmen. Natürlich war Beatrice gesund und munter, auch wenn sie früher einmal über leichte Herzbeschwerden klagte, weil sie zuviel Aspirin geschluckt hatte.

»Ich glaube nicht«, sagte ich, »daß ihr Herz stark genug ist, einen solchen Schock ohne Schaden zu überstehen. Sie ist natürlich nicht ernsthaft krank«, fügte ich schnell hinzu, denn wenn man jemanden von der Glaubwürdigkeit einer Sache überzeugen will, muß man sie in möglichst abgemilderter Form darlegen.

Nur so klingt es plausibel. Und gutgläubige Menschen fallen prompt darauf herein.

»Ich verstehe«, sagte Lorna langsam. »Das wußte ich nicht. Ich hatte keine Ahnung.«

»Hat er es Ihnen nicht gesagt?« fragte ich. »Wahrscheinlich hielt er es nicht für so bedeutsam. Es ist ja auch nichts Schlimmes, ich sagte es schon.«

Und nachdem sie eine Weile geschwiegen hatte, erklärte ich: »Es wäre mir sehr lieb, wenn Sie es Barty gegenüber nicht erwähnen würden. Er könnte glauben, daß ich mich in seine Angelegenheiten mische.«

»Aber ich muß es erwähnen. Ich meine, es ist doch sehr wichtig.«

»Ich möchte eine Auseinandersetzung mit ihm vermeiden, Lorna. Wir sind seit unserer Jugendzeit miteinander befreundet. Es tut mir jetzt schon leid, daß ich es Ihnen gesagt habe. Aber ich nahm natürlich an, daß Sie es wüßten.«

Sie dachte ein paar Sekunden lang nach. »Na schön«, sagte sie, »ich werde es nicht erwähnen. Aber ich danke Ihnen, daß Sie es mir gesagt haben.«

Als ich sie zu ihrer Tür brachte, bat sie mich noch auf einen Drink ins Haus. Doch ich entschuldigte mich. Ich verabschiedete mich unter der Tür.

Sie rauchte eine Zigarette. Ich sagte: »Darf ich die Zigarette haben, die Sie rauchen?«

»Wenn Sie wollen. Warum?«

»Weil sie Ihre Lippen berührt hat.«

Hinterhältig, ich weiß. Ich habe es von einem Schweden, der genau dasselbe eines Abends in Stockholm zu seiner Angebeteten sagte.

Und es funktionierte. Sie lächelte liebenswürdig und reichte mir die Zigarette. Ich nahm sie, steckte sie zwischen meine Lippen, berührte meinen Hut mit einem militärischen Salut, drehte mich um, stieg in meinen Wagen und fuhr los. Es war ein höchst befriedigender Abend gewesen, und ich war während der ganzen weiten Rückfahrt sehr fröhlich.

Armer, alter Bartels. Es war, wie wenn man einem kleinen Kind ein Bonbon wegnimmt. Leicht, kinderleicht.

13

Ob Winter oder Sommer: Beatrice wachte stets früh auf, blieb aber noch bis gegen 7.15 Uhr im Bett, dachte nach oder las in einem Buch. Dann stand sie auf und bereitete den ersten Tee vor dem Frühstück und wartete ungeduldig darauf, bis sie hörte, wie erst die Zeitungen, dann die Post durch den Briefschlitz fielen.

In den ersten Tagen ihrer Ehe hatte sie ohne großen Erfolg versucht, Bartels zu einem morgendlichen Gespräch zu bewegen; sie las ihm Artikel aus den Zeitungen vor oder den einen oder anderen Brief, versuchte, ihre Meinung dazu in ihrer geradlinigen Weise auszudrücken und wartete auf seine Antwort.

Nach kurzer Zeit jedoch hatte sie den Versuch aufgegeben.

Bartels lag meist noch im Halbschlaf da, ließ den Tee auf dem Nachttisch kalt werden, gab gelegentlich, wenn er gar nicht anders konnte, eine einsilbige Antwort und sank wieder in leichten Schlummer.

Aber am Morgen des 26. Februars war er schon vor Beatrice wach – und zwar hellwach.

Er lag noch eine Weile im Dunkeln dieses Wintermorgens da, wagte es nicht, sich zu bewegen, aus Angst, er könnte Beatrice damit aufwecken, dachte ganz allgemein darüber nach, was er zu tun beabsichtigte, und im einzelnen darüber, wie er es tun würde.

Es ist allgemein verbreitet unter Menschen mit einer gewissen Bildung, zu behaupten, alle Mörder seien mehr oder weniger gestörte Persönlichkeiten – im Grunde arme Geschöpfe, die weit eher eine psychiatrische Behandlung als eine Haftstrafe verdienten.

Ich selbst halte mich keineswegs für eine gestörte Persönlichkeit, und ich bin davon überzeugt, daß auch Bartels an jenem Morgen ebenso normal und geistig gesund war wie jeder andere von uns. Sicher, er hatte eine leicht neurotische Angst vor Schmetterlingen, seien sie tot oder lebendig, und er litt an Klaustrophobie, aber das war auch schon alles. Außerdem besteht nicht der Schatten eines Zweifels daran, daß Philip Bartels zu dem bewußten Entschluß gelangte, weil er bei Verwandten aufgewachsen war, die ihm in seiner Jugendzeit nicht die Liebe gegeben hatten, die er gebraucht hätte.

Beatrice war ebenfalls nicht in der Lage, ihm diese Liebe zu schenken – im Gegensatz zu Lorna. Also gab es für Bartels, der einfach unfähig war, irgendeinem Lebewesen Schmerzen zuzufügen, nur einen einzigen Ausweg. Er mußte sich nur noch darüber klarwerden, wie er seine Tat ausführen wollte.

Er lag im Bett und dachte darüber nach; jetzt war er ganz ruhig, denn für Menschen wie ihn entsteht Unruhe lediglich aus Unentschlossenheit und einem Aufruhr der Gedanken. Und diese Phase hatte er hinter sich.

Um sieben Uhr stand er auf, bewegte sich so leise, wie er konnte, ging hinüber und bereitete den Tee. Er brachte die Tassen und die Teekanne auf dem kleinen Tablett an Beatrices Bett und schüttelte sie sachte wach.

Sie bewegte sich, rieb sich die Augen und schaute ihn überrascht an. Ihr rotes Haar lag ausgebreitet auf den Kissen. Sie hatte ein tief dekolletiertes, grünes Nachthemd an, und ihre Haut schimmerte rosig im gedämpften Licht der Nachttischlampe.

Sie sah sehr jung aus, fast wie ein Kind, das noch benommen ist vom Schlaf.

»Barty? Was ist los?«

Er lächelte. »Nichts. Ich dachte nur, ich könnte selbst zur Abwechslung mal die erste Tasse Tee ans Bett bringen.«

»Du meine Güte, wie nett von dir, mein Lieber.«

»Es gibt eben immer noch Wunder, nicht wahr?«

Er lächelte sie an und goß zwei Tassen Tee ein. Beatrice setzte sich im Bett auf, nahm ihre Tasse entgegen und nippte an dem heißen Getränk.

»Du siehst wunderschön aus, weißt du das?«

»Danke, Barty. Nun machst du mir auch noch Komplimente.«

Er sprach eine Weile mit ihr, über dies und das, denn er wußte, daß sie ein solches Gespräch am frühen Morgen gern hatte, und es kam ihm darauf an, daß sie sich heute besonders wohl fühlte.

Nach einer Weile hörte er, wie die Morgenzeitungen durch den Briefschlitz fielen. Er ging hinaus, um sie zu holen, und als er zurückkam, reichte er eine davon Beatrice, während er selbst die andere aufschlug, nachdem er sich auf der Bettkante niedergelassen hatte.

Die nächsten paar Minuten saß er da, las und rauchte. Dann, nachdem seine Zigarette zu Ende war, langte er hinüber zum Nachttischchen und drückte sie im Aschenbecher aus. Dabei erblickte er das Fläschchen mit dem Pulver gegen Magenverstimmung, das auf Beatrices Nachttisch stand, dazu das Glas, die Untertasse mit dem Kaffeelöffel.

Er richtete sich auf und starrte das Fläschchen an. Es war fast leer. Langsam und bedächtig begann er sich mit dem Gedanken zu beschäftigen, der ihm in diesem Augenblick gekommen war – wie eine Katze, die vorsichtig an dem Teller voll Nahrung schnuppert, den man ihr unerwartet hingestellt hat.

»Es steht mal wieder nichts Interessantes drin«, sagte Beatrice und las dennoch weiter. Dann gähnte sie.

Bartels sagte kein Wort. Er versuchte sich an das eine oder andere zu erinnern. Zum Beispiel daran, wie groß die Dosis war, die Beatrice von dem Magenpulver einzunehmen pflegte, und wie oft sie es nahm, wenn sie ihre leichten, periodisch wiederkehrenden Magenbeschwerden hatte.

Er schätzte, daß noch etwa vier Teelöffel von dem Pulver in dem Fläschchen waren, und soweit er sich erinnerte, nahm sie zwei davon in einem Glas voll Wasser.

Altrapein war geruch- und geschmacklos. Das jedenfalls hatte in dem Buch gestanden. Ebenso geruch- und geschmacklos wie das Magenpulver. Aber war das Gift tatsächlich völlig geschmacklos, oder war das nur ein relativer Begriff?

Er erinnerte sich an Brutus. Der Hund hatte das Gift ohne Zögern zu sich genommen. Aber in diesem Fall war das Pulver mit dem Fleisch vermengt gewesen, und Brutus hatte Fleisch immer gierig hinuntergeschlungen, ohne es überhaupt zu kauen. Kein sehr zuverlässiger Test.

Angenommen, er gab die doppelte Menge der tödlichen Substanz in das Fläschchen, da ja noch das Doppelte der benötigten Dosis Magenpulver vorhanden war, und er mischte die beiden Substanzen nicht durcheinander, so daß Beatrice eine fast reine Dosis von Altrapein zu sich nahm – würde sie es bemerken?

Natürlich wäre es dann bereits zu spät, denn sie schluckte das aufgelöste Pulver meist möglichst schnell hinunter, aber wenn sie dabei den seltsamen Geschmack wahrnahm – und Beatrice hatte ein außerordentlich feines Geschmacksempfinden –, und wenn sie danach bewußtlos würde, würde sie sich vielleicht Sorgen machen – vielleicht sogar Angst bekommen: Todesangst!

Sicher würde sie ihn nicht verdächtigen, aber sie würde Angst bekommen. Sie würde in den Sekunden vor ihrem Tod denken, daß der Apotheker vielleicht einen Fehler gemacht hatte – man hat schließlich schon des öfteren von solchen Fällen gehört. Und sie würde in qualvoller Angst sterben.

Sicher, er wollte seine Freiheit erlangen. Er wollte sie sogar mit ihrem Tod erkaufen – aber nicht mit ihrer Todesangst. Nein, das durfte nicht geschehen. Lieber wollte er Wochen, Monate, ein Jahr auf eine günstige Gelegenheit warten.

Er nahm die Teekanne und schaute Beatrice an. »Noch eine Tasse?« fragte er.

»Ja, gern. Aber nicht mehr ganz voll, bitte. Und etwas weniger Zucker.«

Beatrice antwortete, ohne von ihrer Zeitung aufzuschauen. Sie hatte sich auf die Kissen zurückgelehnt, las und rauchte dazu eine Zigarette. Bald würde sie, wie Bartels wußte, die Zeitung beiseite legen und mit ihm über ihre Pläne für den kommenden Tag sprechen.

»Hast du wieder Magenbeschwerden?« fragte er. »Ich sehe, du nimmst wieder deine Medizin.«

»Ach, kaum der Rede wert. Ich hatte nur neulich nachts ein leichtes Stechen in der Magengegend. Nicht so schlimm wie sonst.«

»Wie oft nimmst du das Pulver eigentlich?«

Beatrice hatte die Angewohnheit, sich so sehr in ihre Lektüre zu vertiefen, daß sie seine Fragen mitunter völlig überhörte. So war es auch jetzt, sie gab ihm keine Antwort.

»Wie oft nimmst du das Pulver?« fragte Bartels noch einmal, diesmal etwas lauter. »Zweimal täglich? Oder dreimal?«

Beatrice beugte sich zum Nachttisch hinüber und drückte ihre Zigarette aus. »O nein. Ich nehme es nur lang vor dem Schlafengehen. Da sehe ich gerade, ich muß mir noch eine neue Packung besorgen.«

»Ich kann es dir ja mitbringen«, sagte Bartels.

»Für heute und morgen reicht es noch.«

»Ich besorge dir heute ein neues Fläschchen«, erklärte Bartels hartnäckig.

»Ach, mach dir doch keine Mühe, Barty. Es eilt ja nicht.«

»Ich muß sowieso in die Apotheke, um mir neue Rasierklingen zu besorgen«, sagte Bartels.

Jetzt wußte er, was er wissen wollte. Sie nahm das Pulver einmal am Tag, vor dem Schlafengehen, und sie nahm zwei Teelöffel davon, wie er geahnt hatte.

»Ich glaube, ich gehe jetzt ins Bad«, sagte er, stand auf und ging hinaus.

Draußen in der Diele warf er einen Blick auf den Kleiderschrank, in dem seine Anzüge hingen. Er hatte das Fläschchen mit Altrapein in der Brusttasche seines ältesten Anzugs versteckt. Dort war es verhältnismäßig sicher. Beatrice kümmerte sich kaum um seine Anzüge, und wenn sie tatsächlich in der Zeit, während er im Bad war, seine Garderobe durchgehen und überprüfen sollte, was sie davon in die Reinigung bringen mußte, dann würde sie bestimmt nicht die Taschen dieses alten, schäbigen Anzugs durchsehen.

Bartels rasierte sich, nahm ein Bad, ließ sich dabei viel Zeit und überlegte sich seinen nächsten Schritt.

Er war immer noch ganz ruhig. Später würden ihm seine Nerven vermutlich ziemliche Schwierigkeiten machen, darauf war er vorbereitet, aber jetzt war es noch nicht soweit. Im Gegenteil, er genoß geradezu die Erleichterung, die man empfindet, wenn man sich unter großen Mühen zu einem Entschluß durchgerungen hat.

Tagsüber würde er eine Packung mit Beatrices Magenpulver besorgen.

Und wenn er zurückkam und Beatrice tot vorfand, würde er sie mit dem Fläschchen vertauschen, welche das Gift enthielt.

Und er fuhr fort, detaillierte Pläne auszuarbeiten.

Er würde die neue Flasche bis auf zwei Teelöffel entleeren, denn für den Fall einer Untersuchung mußte er mit der Möglichkeit rechnen, daß die Reinemachefrau in aller Unschuld die Bemerkung machte, sie habe eine fast leere Flasche mit dem Magenpulver neben Beatrices Bett gesehen – keine volle. Und er wollte von vornherein vermeiden, daß die Polizei oder Dr. Anderson ihre Aufmerksamkeit auf die Flasche mit dem Magenmittel richteten, wenngleich es möglich war, daß sie den Inhalt des Fläschchens auf jeden Fall untersuchten. Nun, das konnten sie gern tun. Aber er wollte auch vermeiden, daß sie etwa die Mülltonne nach der alten Flasche durchsuchten, und er hatte keine Lust, ihnen irgendwelche Erklärungen dazu abzugeben, für den Fall, daß sie sie nicht fanden.

An solchen kleinen Dingen scheitern viele Verbrecher, dachte Bartels während er sich kämmte.

Und wie alle Mörder, die nach einem genauen Plan handelten, fühlte er sich überaus sicher.

Nun kam die Frage, wie er die Flasche loswerden konnte, welche das Gift enthielt. Fast gleichzeitig fielen ihm eine Reihe von Möglichkeiten ein.

Er stellte sich die Szene seiner Rückkehr vor. In seiner Hand befand sich dann die neue Flasche, deren Etikett er zuvor ein wenig bearbeitet hatte, daß sie nicht mehr allzu neu aussah; auf dem Nachttisch dagegen stand das alte Fläschchen, welches das Gift enthielt. Er ersetzte es durch die neue Flasche. Jetzt stand er da, das Fläschchen mit dem restlichen Altrapein in der Hand. Innerhalb von wenigen Minuten mußte er den Arzt verständigen, der bestimmt nach einer Viertelstunde hier auftauchen würde – vielleicht sogar eher.

Es gab nur zwei Möglichkeiten, wo er das Giftfläschchen loswerden konnte: entweder im Haus oder im Freien.

War es günstig, das Fläschchen draußen zu verstecken?

Nein. Keineswegs.

Warum denn nicht?

Nun, weil ein neugieriger Nachbar ihn dabei beobachten konnte, wie er es in einen Abfallkorb warf, und sich danach, wenn die Sache bekannt wurde, vielleicht daran erinnerte.

Aber er konnte das Fläschchen doch auch weiter vom Haus entfernt etwa in die Themse oder in die Serpentine werfen? Das war doch am sichersten, oder?

Nein, das wäre noch törichter.

Und warum?

Weil man mit ziemlicher Sicherheit den Zeitpunkt feststellen wird, wann Beatrice gestorben ist, du Narr. Wenn man dich zufällig sieht, wie du nach ihrem Tod das Haus betrittst und es ein paar Minuten später wieder verläßt, erst nach einer Weile wieder zurückkehrst, und wenn du erst danach den Arzt anrufst, dann würde man doch Verdacht schöpfen, oder etwa nicht? Dann würdest du ein paar sehr unangenehme Fragen beantworten müssen – Fragen über deinen kleinen Spaziergang, der unter den Umständen wenig plausibel erscheinen würde, nicht wahr?«

Auf diese Weise konnte manches ans Tageslicht kommen.

Also bleibt das Fläschchen besser im Haus. Jedenfalls zunächst, an diesem Abend. Morgen konnte er es dann irgendwo loswerden. Aber erst morgen.

Also mußte er es im Haus verstecken.

Aber wo?

Eigentlich überall – überall dort, wo es nicht ausgerechnet Dr. Anderson ins Auge fallen würde. Vielleicht in einem Küchenschrank. Oder in irgendeiner Schublade. In einer Schublade im Sekretär. Genau. Dr. Anderson würde ohne weiteres den Totenschein ausstellen und dann gehen. Und auf dem Totenschein würde stehen: Coronarthrombose. So würde seine Diagnose lauten. Das wußte er aus dem medizinischen Buch.

Bartels stand vom Rand der Badewanne auf, auf den er sich gesetzt hatte. Das Problem war anscheinend gelöst. Er wollte schon das Bad verlassen, als er plötzlich stehenblieb.

Würde die Diagnose denn tatsächlich auf Coronarthrombose lauten? In dem Buch hieß es: ›Die Todesumstände gleichen in vieler Hinsicht den Erscheinungen, wie sie bei einer Coronarthrombose zu beobachten sind.‹ In vieler Hinsicht . . . Was sollte das bedeuten?

Gab es denn gewisse Symptome, die einen Zweifel zuließen? Vielleicht eine Verfärbung der Haut – oder hatte das Alter des Opfers einen Einfluß auf den Verlauf der tödlichen Wirkung?

Vorausgesetzt, Dr. Anderson folgerte aus den Erscheinungen nicht unmittelbar auf eine Coronarthrombose? Er war ein vorsichtiger, alter Fuchs: niemals übereilt, stets methodisch und äußerst stur. Solch ein Totenschein konnte gefährlich werden für einen Arzt. Wenn er unbedachtsam ausgestellt wurde, konnte das seinem Ruf schwer schaden. Und Bartels, der Laie, konnte es keinesfalls wagen, den Arzt auf den Gedanken zu bringen, daß es sich um eine Coronarthrombose handelte. Nein, zu diesem Schluß mußte Dr. Anderson von selbst kommen.

Sicherlich würde er nicht annehmen, daß es sich um einen Mord handelte. Das stand außer Zweifel.

Aber Selbstmord? Was, wenn Dr. Anderson vermutete, Beatrice hätte Selbstmord begangen?

Bartels preßte den Kopf gegen die Badezimmertür, um sich zu konzentrieren, und stellte sich vor, wie Dr. Anderson ihn, den gebrochenen Gatten, hinüberführte ins Wohnzimmer. Er hörte geradezu, wie er zu ihm sagte: ›Nicht völlig zufrieden ... Angenommen, Ihre Frau war nicht ausgefüllt? Nein, nein, nicht im Hinblick auf Sie ... Dennoch, der Streß des modernen Lebens, die Enttäuschungen ... Eine Folter für die Nerven, Mr. Bartels ... Wird ein Mensch zu allem möglichen fähig ... Habe da neulich in der Zeitung gelesen ... Muß mich in acht nehmen vor übereilten Diagnosen, Sie verstehen doch ... Sie haben sicher nichts dagegen ... Nur damit ich beruhigt bin ... Ein Gerichtsmediziner ... Besser vertraut mit solchen Dingen als ich ... Vielleicht ihre ständigen Kopfschmerzen ... Sehr zermürbend ... Wollte Sie vielleicht nicht damit belasten ... Auf jeden Fall einen Skandal vermeiden ... Gerichtsmediziner ... Ja, Mr. Bartels, wenn Sie nichts dagegen haben ... Darf ich Ihr Telefon? ...‹

Das Polizeiauto, schwarz, leise brummend, würde unten vor dem Haus anhalten. Der Gerichtsmediziner würde heraufkommen, begleitet von einem Kriminalbeamten und einem Constable. Fragen, Fragen, Fragen.

Ihr Name? Der Mädchenname Ihrer Frau? Alter? Das übliche.

Während die beiden Ärzte sich leise unterhielten, würden sich der Kriminalbeamte und der Constable mit dir beschäftigen: höflich, zurückhaltend, formell.

Ob du etwas dagegen hast, wenn sie sich inzwischen ein wenig in der Wohnung umsehen? Eine Durchsuchung? Nein, nein. Nur ein kurzer Blick. Für den Fall, daß die unglückliche Frau einen Nervenzusammenbruch erlitten hat; Sie verstehen doch, Sir?

Nein, Sir. Natürlich nicht, Sir. Höchst unwahrscheinlich, Sir.

Dennoch, wenn Sie nichts dagegen haben, Sir?

Wir machen keine Unordnung, Sir.

Es dauert nicht lange, Sir.

Vielleicht hilft Ihnen eine Tasse Tee, Sir.

Schön, setzen Sie sich ruhig hin, Sir, wir bringen Ihnen einen Schluck Tee. Während Sie ihn trinken, schauen wir uns ein bißchen in der Wohnung um.

Eine rasche Durchsuchung. Erfahrene Experten. Natürlich erst ein Blick in das Arzneischränkchen. Nichts, nichts, was sie interessiert. Dann das Schlafzimmer. Die Fläschchen auf dem Frisiertisch, der Inhalt des Nachttischchens, der Kommoden. Nichts. Die Küche. Auch nichts.

Dann das Wohnzimmer.

Der Sekretär. Die Schubladen des Sekretärs.

Litt Ihre Frau an Magenbeschwerden? Hat sie alte Medizinfläschchen immer aufgehoben, Sir?

Können Sie sich denken, warum sie eines der Fläschchen ausgerechnet im Sekretär aufbewahrt hat, Sir?

Kein Geruch. Nichts Verdächtiges. Nur ein wenig weißes Pulver am Boden des Fläschchens.

Das hier nehmen wir besser mit, Sir. Sie haben doch nichts dagegen, nicht wahr, Sir?

Altrapein – das würde die Analyse ergeben. Welche Frau, welche ganz normale Hausfrau käme auf den Gedanken, ausgerechnet mit einem so relativ unbekannten Gift Selbstmord zu begehen? Und wenn dann noch sein Verhältnis mit Lorna Dickson ans Tageslicht gezerrt wurde – jawohl, die Polizei würde es als ein ›Verhältnis‹ bezeichnen –, was dann?

Ja, was dann?

Ein paar Sekunden lang glaubte Bartels, er könne das Problem, wie er das Fläschchen loswerden würde, nicht sofort, nicht an diesem Tag, vielleicht überhaupt nie lösen. Er stand im Bad, starrte die Tür an, und in seinen Gedanken kam er schon fast zu dem Entschluß, den ganzen Plan fallenzulassen.

Es war einfach zu gefährlich.

Und er durfte dabei nicht nur an sich selbst denken. Auch Lorna würde mit in die Sache hineingezogen. Man würde alles mögliche über sie munkeln, dafür würde schon die Presse sorgen. Zumindest wäre ihr Geschäft danach ruiniert, und sie würde in eine andere Gegend ziehen müssen. Neu anfangen, praktisch aus dem Nichts.

»Zu gefährlich«, sagte Bartels leise. »Viel zu gefährlich.«

Zum Glück hatte er noch einmal versucht, seinen Plan in allen Details zu durchdenken.

Zum Glück hatte er genügend Phantasie, sich auszumalen, was geschehen konnte, ehe es geschehen war. Er griff in die Tasche seines Bademantels, suchte nach seinem Feuerzeug, um sich eine Zigarette anzuzünden, und sagte sich, daß er seinen Plan aufgeben mußte. Nicht nur für diesen Abend, sondern womöglich für immer. Denn immer wieder würde ein ähnliches Problem auftauchen.

Er zündete sich die Zigarette an.

Umstände, die außerhalb seiner Kontrolle standen, zwangen ihn, den Plan aufzugeben. Was die Zukunft brachte, konnte er nicht vorhersehen. Er hatte keine Zeit, darüber nachzudenken. Doch vorläufig brauchte er nichts zu tun. Und weil das so war, fühlte er, wie die Spannung in seinem Inneren allmählich nachließ. Die Maschine, die ihn in Gang gesetzt hatte, stand still – und mit ihr das Fließband der Ereignisse.

Er steckte das Feuerzeug wieder in seine Tasche. Eine einfache Handlung – und doch war sie außerordentlich wichtig für die weitere Entwicklung der Dinge, denn sie zeigte ihm einen Weg, zeigte ihm die Lösung: seine eigene Tasche! So einfach war das alles, dachte er, und augenblicklich brach wieder die Last der Umstände über ihn herein, und er erkannte, daß sich ihm nunmehr keinerlei Verzögerung, keinerlei Aufschub bot.

Er konnte das Fläschchen mit den Resten des Giftes ohne weiteres in seine Tasche stecken! Am folgenden Tag konnte er sie dann unterwegs irgendwie loswerden.

Was auch Dr. Anderson denken mochte, ja, was selbst die Polizei dachte, wenn sie seine Wohnung betrat – es gab zweifellos keinen Grund, ihn einer Leibesvisitation zu unterwerfen.

Festnahmen in Fällen von Giftmord erfordern eine gewisse Zeit. Zuerst muß eine Autopsie angeordnet und durchgeführt werden, dann müssen Motiv und Gelegenheit gegeneinander abgewogen werden. Das alles braucht Zeit – viel Zeit.

Ohne Haftbefehl konnte man ihn nicht durchsuchen.

Bartels sah, wie sich die Maschine langsam zu drehen begann, wie das Fließband sich wieder bewegte. Jetzt gab es kein Entrinnen mehr. Er mußte einfach weitermachen, weil er keine andere Wahl hatte.

Und er spürte ganz deutlich, daß die Tat, die er geplant hatte, eine unerwartete Nebenwirkung auf ihn ausübte. Er war in seinem ganzen Leben ein Versager gewesen; er hatte weder Mut noch Selbstvertrauen, die zum Erfolg notwendig waren.

Der Mord, den er geplant hatte, war unter anderem auch ein Beweis dafür, daß er, Philip Bartels, wenn nötig Polizei und Gesellschaft hinters Licht führen konnte. Und dieser Mord würde ihm nicht nur Lorna Dickson bringen, er war auch Balsam für die Wunden seines Selbstbewußtseins, die er in den vielen Jahren erlitten hatte.

Er hörte Beatrice aus dem Schlafzimmer rufen und fragen, ob er denn noch nicht bald fertig sei. Er warf einen Blick auf seine Uhr. Jetzt war er schon fast eine Dreiviertelstunde im Bad.

Bartels öffnete langsam die Tür.

Dann ging er hinüber ins Schlafzimmer. Beatrice war inzwischen aufgestanden, saß im Morgenmantel vor der Frisierkommode und feilte sich die Fingernägel. Als er eintrat, wandte sie sich zu ihm um.

»Du warst lange im Bad, Barty.«

»Wirklich? Tut mir leid.«

»Was hast du denn bloß so lange gemacht?«

»Ich war in Gedanken versunken«, sagte Bartels.

»Und worum ging es dabei?«

»Um dies und das. Nichts Besonderes. Übrigens, ich kann nicht zum Abendessen nach Hause kommen. Ich muß nach Colchester, zu einem schrecklichen Dinner mit einer Weinfirma. Was hast du denn heute vor?«

Beatrice dachte einen Augenblick lang nach. »Vielleicht schaue ich mir den Film im Kino um die Ecke an. Ich wollte ihn schon damals sehen, als er in einem der großen Erstaufführungskinos lief.«

»Aber warte nicht auf mich mit dem Zubettgehen. Du weißt ja, wie das bei einem solchen Dinner ist – vielleicht hält man mich bis über Mitternacht auf.«

Als Beatrice im Bad verschwunden war, zog er sich an, ging zum Kleiderschrank und holte das Fläschchen mit Altrapein aus der Tasche des alten Anzugs. Er hatte das Gift gleich nach dem Kauf in ein leeres Aspirinfläschchen gefüllt und ein Klebeband um den Verschluß gewickelt, für den Fall, daß vielleicht etwas von der Substanz nach außen dringen und bei einer Analyse seiner Kleidungsstücke entdeckt werden würde.

Man konnte nie vorsichtig genug sein.

Dann, da er momentan nichts weiter tun konnte, ging er hinüber in die Küche und bereitete das Frühstück. Er briet zwei Eier, gab zwei Scheiben Schinken und zwei Tomaten dazu. Als er damit fertig war, packte er alles auf ein Tablett aus Metall und stellte es in das Bratrohr, um es warmzuhalten. Zuletzt machte er Toast, Tee für sich und Kaffee für Beatrice.

Er war gerade damit fertig, als Beatrice in die Küche kam. Er half ihr beim Tischdecken.

Beatrice genoß das Frühstück sichtlich. Und sie sagte es auch.

Bartels dachte: Brutus hat es zuletzt noch genossen, in den Hekken herumzustöbern – sie genießt das letzte, gemeinsame Frühstück. Er sagte: »Iß und trink und freue dich des Lebens. Vielleicht sind wir morgen schon tot. Oder noch heute. Man kann nie wissen.«

»Sei doch nicht so schrecklich trübsinnig, Barty«, sagte Beatrice.

»Na ja, es stimmt doch: Wer weiß, ob ich heute noch lebend nach Hause komme.«

Er war entsetzt über seinen makabren Humor und wußte selbst nicht, warum er diese Bemerkung gemacht hatte.

Nach dem Frühstück ging er hinüber, um einen Brief an seine Bank zu schreiben. Als er damit fertig war, setzte er sich hin und lauschte auf die Geräusche aus der Küche.

Beatrice spülte das Frühstücksgeschirr. Er verschloß den Briefumschlag, klebte eine Marke darauf und steckte den Brief in die Jackentasche. Danach ging er ins Schlafzimmer, nahm das Fläschchen mit dem Magenpulver und ging damit in die Küche. Er steckte den Kopf durch den Türspalt.

»Mir ist heute morgen nicht ganz wohl im Magen. Ich glaube, ich nehme etwas von deinem Pulver. Das ist vielleicht nicht schlecht, vor allem im Hinblick auf das Dinner heute abend.«

»Nimm eine von den Kaffeetassen«, sagte Beatrice. »Das Zeug macht die Gläser immer ganz trübe.«

»Ich nehme am besten den Zahnputzbecher im Bad.« Er öffnete die Küchentür ganz, holte sich einen Teelöffel, ging hinüber ins Bad und schloß die Tür. Er sperrte vorsichtshalber ab, doch zuvor öffnete er das Fenster – so groß war seine Abneigung gegen geschlossene Räume.

Er fühlte sich seltsam leicht und gelöst, als beobachte er von einem erhöhten Standpunkt aus die Bewegungen eines Fremden namens Philip Bartels.

Es war unwahrscheinlich, daß er selbst es sein sollte, der da zwei Teelöffel voll Magenpulver aus dem Fläschchen nahm, es ins Waschbecken gab und sofort mit Wasser nachspülte. Dann betrachtete er den Rest, der noch in dem Fläschchen geblieben war. Wie er vorausberechnet hatte, reichte es gerade noch für eine Dosis. Er schüttete noch etwas mehr aus dem Fläschchen, damit genügend Platz für das Altrapein vorhanden war.

Nun schraubte er den Verschluß des Aspirinfläschchens auf, welches das Altrapein enthielt, und schüttete seinen ganzen Inhalt in die linke Handfläche. Dann fügte er den Rest Magenpulver dazu.

Mit dem Stiel des Kaffeelöffels rührte er die beiden Substanzen durcheinander.

Er hatte absichtlich mehr Altrapein verwendet als nötig gewesen wäre. Aber er mußte mit der Möglichkeit rechnen, daß Beatrice vielleicht nicht den ganzen Rest des Fläschchens einnehmen würde. Schließlich füllte er das Magenpulverfläschchen mit der Mischung aus Magenpulver und Altrapein, wozu er wieder den Kaffeelöffelstiel benützte. Zuletzt schraubte er das Fläschchen wieder zu.

Dann wusch er die kleine Aspirinflasche aus, in der er das Altrapein aufbewahrt hatte, steckte sie wieder in seine Hosentasche, füllte den Zahnputzbecher mit Wasser, goß das Wasser wieder aus, damit es so aussah, als habe er ihn zum Einnehmen des Pulvers benützt. Zuletzt reinigte er sorgfältig den Kaffeelöffel und seine Hände.

Jetzt war es getan.

Das Gift war in dem Fläschchen. Nun blieb ihm hier nicht mehr viel zu tun übrig. Er brachte das Fläschchen und den Löffel in die Küche, trocknete den Löffel ab und legte ihn in die Besteckschublade. Beatrice stand noch am Spültisch.

»Wo soll ich deine Medizin hinstellen?« fragte er.

»Auf mein Nachttischchen, sei so gut.«

Er ging ins Schlafzimmer, stellte das Fläschchen dorthin, wo es zuvor gestanden hatte, und schaute sich langsam um. Dann ging er ins Wohnzimmer und sah sich auch dort nachdenklich nach allen Seiten um. Es würde nie mehr so sein wie bisher.

Danach ging er hinaus in die Diele, zog seinen Mantel und die Handschuhe an und nahm den weichen braunen Hut vom Ständer. Es war Zeit, aus dem Haus zu gehen.

Er brauchte sich nur noch von Beatrice zu verabschieden.

Er ging durch den Korridor in die Küche, trat ein, küßte Beatrice auf die Lippen, doch er bemühte sich, nicht mehr Wärme und Zuneigung spüren zu lassen als sonst.

»Bye-bye, mein Lieber«, sagte Beatrice und wandte sich wieder dem Silberbesteck zu, das sie gerade polierte.

»Bye-bye«, sagte Bartels. »Und paß auf dich auf.«

»Du auch«, erwiderte Beatrice.

Er drehte sich um, ging hinaus aus der Küche, durch den Gang und die Diele zur Wohnungstür. Er schloß die Wohnungstür sachte hinter sich zu und schritt langsam die Treppe hinunter.

Was ihn in diesem Augenblick am meisten beunruhigte, war das völlige Fehlen eines jeglichen Gefühls. Er kam sich wieder so vor, als beobachte er ungerührt einen Fremden und habe mit all dem gar nichts zu tun.

Nein, das war nicht recht, sich so kalt und ruhig zu verhalten.

Er fragte sich, ob er nicht doch in Wirklichkeit die brutale, gefühllose Bestie war, als die man ihn bezeichnen würde, wenn seine Tat wider Erwarten doch noch aufkommen würde.

Als er an diesem Morgen sein Haus verließ, zweifelte er zum erstenmal an der Rechtmäßigkeit seiner Tat. Aber er versuchte, diesen Zweifel zu verscheuchen.

Er hatte an diesem Tag im Hauptbüro seiner Firma zu tun; während der Mittagspause fuhr er mit der Underground zur Victoria Station und ging in die große Apotheke gegenüber dem Bahnhof, um sich das Fläschchen mit dem Magenpulver zu besorgen. Danach fuhr er mit dem Bus zur Hyde Park Corner und ging über den Piccadilly zurück ins Büro. Zuvor nahm er noch ein Sandwich und einen doppelten Whisky in dem Pub nebenan.

Der Tag wollte nicht vergehen.

Von Zeit zu Zeit dachte er: Vielleicht hat sie nicht bis zum Abend gewartet. Vielleicht spürte sie tagsüber Magenschmerzen und hat die Dosis bereits eingenommen.

Möglich war es immerhin. Vielleicht war sie schon seit Stunden tot.

Sein Herz begann schneller zu pochen, als er diese Möglichkeit ins Auge faßte. Das würde das Ende bedeuten – das Ende seiner schönen Pläne, und er, Philip Bartels, galt dann vor der ganzen Welt als der Mörder seiner Frau.

Kurz nach vier ertrug er die Ungewißheit nicht mehr. Er wählte die Nummer seiner Wohnung.

Statt des Rufzeichens ertönte ein hoher, singender Ton. Er wählte ein zweitesmal mit demselben Ergebnis.

Ein deutlich spürbarer Kloß steckte in seiner Kehle; er wählte die Null und sprach mit der Vermittlung.

Die kalte, unpersönliche Stimme bat ihn, sich einen Augenblick zu gedulden. Er hörte, wie das Mädchen an der Vermittlung selbst die Nummer wählte. Nach kurzer Pause sagte sie: »Tut mir leid, Sir, die Nummer ist gestört.«

»Können Sie es nicht gleich noch einmal versuchen?« Er zögerte. »Es ist wichtig, denn –« Er hielt inne. Nein, er durfte jetzt kein Aufsehen erregen.

»Ich werde mich mit der Störungswelle in Verbindung setzen«, sagte das Mädchen mit der kühlen Stimme.

»Danke«, erwiderte Bartels. »Vielen Dank.«

Er legte den Hörer auf die Gabel und starrte auf den Apparat. Dann hob er noch einmal ab und wählte die Nummer von Mrs.

Stephenson, die im gegenüberliegenden Appartement wohnte. Er hörte Mrs. Stephensons dunkle, salbungsvolle Stimme und sagte: »Mrs. Stephenson? Hier spricht Philip Bartels. Können Sie mir einen Gefallen tun? Ich versuche seit einiger Zeit, meine Frau telefonisch zu erreichen, aber mit der Leitung scheint etwas nicht in Ordnung zu sein. Ich frage mich –«

»Ich schaue, ob sie da ist«, unterbrach ihn Mrs. Stephenson. »Warten Sie einen Augenblick.«

Er sah sie vor sich, wie sie mit ihrem plumpen Körper hinüberwatschelte zu seiner Wohnung, wie sie klingelte und wartete.

Nach einer Weile kam sie zurück.

»Ich nehme an, sie ist ausgegangen, Mr. Bartels. Kann ich ihr etwas bestellen?«

»O ja – sie soll mich hier im Büro anrufen. Es ist nämlich so«, fügte er vorsichtshalber hinzu, »ich kann mein Scheckbuch nicht finden. Und ich hätte gern gewußt, ob ich es vielleicht zu Hause liegengelassen habe.«

»Sie kann ja dann von meinem Apparat aus anrufen«, sagte Mrs. Stephenson. »Ich sage es ihr, sobald sie heimkommt.«

Bartels dankte ihr und legte auf.

Eine Sekretärin kam in sein Büro, um ein paar Prospekte zu holen. Sie schaute ihn an, nahm die Prospekte vom Stapel und fragte: »Ist Ihnen nicht wohl, Mr. Bartels?«

»Nein, mir ist ganz wohl. Warum fragen Sie?«

»Ich finde, Sie sehen ein bißchen blaß aus.«

Mein Gott, sah man es ihm denn schon an?

»Ach, Unsinn«, sagte er ärgerlich, und bedauerte es schon in der nächsten Sekunde. Das war einer von den unvorhersehbaren Fehlern, gegen die man keine Vorkehrungen treffen konnte.

Er fühlte, wie er errötete. Er hätte seinen Ärger nicht zeigen dürfen, hätte der Sekretärin nicht so barsch antworten sollen. Jetzt würde sie sich an die kleine Szene erinnern. Er hatte aus einer ganz normalen Frage einen erinnernswerten Vorfall gemacht. Sie würde vielleicht mit den Kolleginnen darüber sprechen. Er stützte die Ellbogen auf den Schreibtisch und begrub das Gesicht in den Händen.

Die Sekretärin sagte keinen Ton, doch er merkte, daß sie an der Tür stand und ihn beobachtete. Schließlich, als er fühlte, daß die

Röte aus seinem Gesicht gewichen war, hob er den Kopf und lächelte sie an.

»Tut mir leid, daß ich Sie so angefahren habe, Miss Latimer. Ich fühle mich eigentlich ganz wohl, aber ich glaube, ich bekomme eine leichte Erkältung. Mir ist einmal ganz kalt, und dann wieder ganz heiß –«

»Das scheint tatsächlich eine Erkältung zu sein.«

Wieder lächelte er. »Ja, ich fürchte. Ich werde mir heute abend ein Glas heißen Whisky genehmigen.«

Um halb fünf läutete das Telefon. Es war Beatrice.

»Hallo, Barty«, sagte sie überrascht. »Was ist los? Mrs. Stephenson hat mir einen Zettel an die Tür gehängt, ich solle dich im Büro anrufen.«

»Nichts ist los. Warum?«

»Ich fragte mich nur. Du rufst doch sonst nicht tagsüber hier an.«

»Ich wollte mich nur erkundigen, was dein Magen macht. Ich habe zuvor bei dir angerufen, aber mit dem Telefon schien etwas nicht in Ordnung zu sein. Von wo sprichst du?«

Beatrice lachte. Es klang so, als fühle sie sich geschmeichelt, weil er sie angerufen hatte. »Von einer Telefonzelle. Mrs. Stephenson ist nicht zu Hause.«

»Mrs. Stephenson hat bei dir geläutet, aber sie sagte, du seist nicht da.«

»Ich war aber zu Hause«, entgegnete sie. »Ich habe sogar gehört, wie sie geläutet hat.«

»Warum bist du dann nicht hingegangen? Ich dachte, du seist unterwegs.« Er war erleichtert und wütend zugleich.

»Ich habe mir gerade das Haar gewaschen. Ich hatte den Kopf im Waschbecken, als es läutete, und als ich danach an die Tür kam, war sie bereits wieder verschwunden. Ich wußte natürlich nicht, wer da geläutet hatte.«

»Ist mein Scheckbuch zu Hause?«

»Ja. Es liegt im Sekretär.«

»Gut. Und was macht der Magen?«

»Der Magen? Ach, dem geht's hervorragend. Ich werde heute abend noch einmal mein Pulver nehmen, aber danach, glaube ich, kann ich damit aufhören. Mach dir bloß keine Sorgen, Barty.«

»Um so besser. Du, ich muß Schluß machen.«

»Fährst du jetzt gleich nach Colchester? Ich dachte, du seist schon unterwegs. Du wirst zu spät kommen.«

»Nicht, wenn ich jetzt gleich losfahre. Bye-bye, Beatrice.«

»Bye-bye, mein Lieber.«

Er lehnte sich zurück. Bye-bye, Beatrice. Bye-bye, mein Lieber, hatte sie gesagt. Er würde nie wieder ihre Stimme hören. Ein trauriges, belangloses Ende.

Als er den Schreibtisch aufräumte, ehe er sein Büro verließ, fiel ihm plötzlich etwas ein, was ihm geradezu Übelkeit verursachte.

Er hatte doch etwas vergessen – nichts Unvorhersehbares, ganz im Gegenteil. Sein Schockzustand kam vor allem daher, daß er sich ausmalte, was geschehen wäre, wenn er sich nicht im letzten Augenblick daran erinnert hätte, und daß er fühlte, er könnte noch etwas so Wichtiges übersehen haben, was ihm nicht mehr rechtzeitig einfiel.

Es war eine der naheliegendsten Fallen, und er wäre um ein Haar hineingetappt – er, der glaubte, alles so raffiniert überdacht zu haben! Er zweifelte plötzlich an seinen Fähigkeiten.

Fingerabdrücke! Daran würde selbst ein blutiger Anfänger denken. Auf der neuen Flasche, durch die er das Giftfläschchen ersetzen wollte, befanden sich nur seine eigenen Fingerabdrücke – kein einziger von der Frau, die angeblich die Medizin geschluckt hatte: lauter Fingerabdrücke von Philip Bartels, keiner von Beatrice.

Er starrte geistesabwesend durch das Fenster hinaus auf die Straße.

Sicher, er konnte diesen Fehler noch gutmachen, aber der Gedanke daran, was er dabei tun mußte, verstärkte das Gefühl der Übelkeit, das ihn ergriffen hatte. Er mußte die Hand der toten Beatrice ergreifen und die Finger auf das Fläschchen drücken: die Finger der rechten Hand oben an den Hals, die Finger der linken um den Bauch der Flasche.

»Das kann ich nicht«, flüsterte er. »Nein, das bringe ich nicht fertig.«

Und eine zweite Stimme in seinem Inneren flüsterte: »Du wirst dich doch nicht wegen einer solchen Kleinigkeit geschlagen geben? Kein Wunder, daß du ein Versager bist, Philip Bartels.«

Bartels seufzte und wußte, daß er es schließlich doch tun würde.

14

Bartels hatte keineswegs die Absicht, nach Colchester zu fahren, und es gab auch gar kein geschäftliches Dinner. Aber er wußte, daß er nicht in der Wohnung sein durfte, wenn Beatrice starb – er kannte die Grenzen seines Charakters.

Er mußte also die Zeit bis gegen Mitternacht irgendwie überbrücken. Und er hatte keine Lust, diese Zeit mit Menschen zu verbringen, die ihm nichts oder nur wenig bedeuteten. Er wollte bei Lorna sein, die ihn liebte und die ihm zweifellos, ohne es zu wissen, die Kraft verlieh, die eineinhalb Stunden zwischen halb elf und Mitternacht – die Zeit, in der es geschehen würde – zu überstehen.

Also fuhr er aus London hinaus, hatte die Ortsumgehung von Kingston schon hinter sich und steuerte den Wagen durch die fünf Haarnadelkurven, die ihn nach Thatchley führten. Er erinnerte sich, wie er sie in Gedanken einmal ›Fünf Kurven in den Himmel‹ getauft hatte.

Er hatte das Büro Punkt 17.30 Uhr verlassen. Die durchdringende Kälte der vorhergehenden Tage dauerte auch an jenem 26. Februar an. Von Zeit zu Zeit fielen vereinzelte Schneeflocken vom Himmel, und der dichte Verkehrsstrom der Wagen, die zurückfuhren nach London, hatte ihn ständig geblendet, so daß er gezwungen war, sehr langsam und konzentriert zu fahren.

Waren es wirklich fünf Kurven in den Himmel? Oder führten sie in Wahrheit ins Verderben – in die Hölle? Wenn man sich nach der Heiligen Schrift orientierte, zweifellos. Aber die Zehn Gebote, das ›Du sollst nicht töten‹, und ›Du sollst nicht . . .‹, das waren doch nichts weiter als einfache Gesetze, welche Ordnung schaffen sollten für das Zusammenleben eines halbwilden Nomadenstammes in der Wüste. Moses war ein alter, schlauer Betrüger, der hinaufgegangen war in die Berge und bei seiner Rückkehr erklärte, er habe die über den Daumen gepeilten Gebote direkt über die göttliche Eingebung empfangen, während er sie sich in Wirklichkeit in seinem Ziegenlederzelt aus den Fingern gesogen hatte.

Gab es einen Gott? Und wenn es ihn gab, was dachte er über ihn, Philip Bartels, der sich durch den Schnee und den dichten Verkehr quälte, weil er die Gesellschaft eines menschlichen Wesens suchte, das ihn von seiner Tat ablenken konnte – einer Tat, die im Grunde nur logisch und human war?

Aber war die Tat wirklich so human? Wenn ja, warum brauchte er dann überhaupt Ablenkung? Erwartete er, daß Lorna einen Mann aus ihm machen würde? Konnte er das wirklich erwarten?

Bartels blieb am Rand der Straße stehen, bis das Zittern, das seinen ganzen Körper überlief, aufgehört hatte. Vielleicht bekam er tatsächlich eine Erkältung. Vielleicht hatte er Miss Latimer, der Sekretärin, die Wahrheit gesagt. Und wenn er die nächsten Tage im Bett liegen mußte – wie würde das den Lauf der Dinge beeinflussen?

Gar nicht, sagte er sich – nur, daß er niemanden mehr hatte, der sich dann um ihn kümmerte. Er würde allein sein. Allein in einem billigen, kalten Hotelzimmer. Denn in die Wohnung würde er nicht mehr zurückkehren. Jetzt hatte er Cobham erreicht, sah die Leuchtreklame eines Hotels am Straßenrand, bog in den Parkplatz ein, stieg aus, ging hinein und bestellte sich einen doppelten Whisky mit Soda.

Danach fühlte er sich wesentlich besser und bestellte gleich noch einen zweiten. Wenn er ihn schnell trank, so schnell wie den ersten, kam er noch rechtzeitig bei Lorna an ...

Er hob das Glas und wollte den Whisky hinunterkippen, als er plötzlich innehielt.

Nein, er durfte auf keinen Fall allzu schnell und hastig trinken. Er mußte sich Zeit lassen. Er war bereits töricht genug gewesen, noch einen zweiten Drink zu bestellen, töricht, den ersten so in Eile hinuntergekippt zu haben.

Für den zweiten mußte er sich unbedingt Zeit lassen, mußte so tun, als hätte er nichts weiter vor, als einen Whisky zu trinken, denn wenn tatsächlich etwas schiefging, wenn sein Foto in den Zeitungen auftauchte, und wenn der Barkeeper es sah und sich an ihn erinnerte – was dann? Er würde zu Protokoll geben, daß dieser Mann auf dem Foto in großer Eile und erregter Hast zwei Whiskys in sich hineingekippt hatte und gleich danach wieder verschwunden war!

Er mußte noch viel vorsichtiger sein. Er hatte bereits zwei Fehler begangen. Der erste hatte darin bestanden, daß er Miss Latimer ohne Grund barsch angeschnauzt hatte. Und jetzt hatte er durch sein hastiges Trinken die Aufmerksamkeit des Barkeepers auf sich gelenkt ...

Er ließ sich eine Viertelstunde Zeit zu seinem zweiten Whisky und ging dann stillschweigend hinaus, während der Barkeeper mit ein paar anderen Gästen beschäftigt war.

Gegen sieben Uhr erreichte er Lornas Haus am Ortsrand von Thatchley. Lorna hatte das Licht vor dem Eingang angeschaltet, das Licht, das ihm Wärme und Schutz nach der Kälte der Fahrt und dem Schnee verhieß – Schutz vor der Dunkelheit und vor dem noch viel dunkleren Abgrund seiner Gedanken.

Lorna hörte den Wagen, und ehe er die Tür erreichte, hatte sie sie schon geöffnet und stand auf der obersten Treppe, um ihn zu begrüßen.

»Du mußt ja ganz durchgefroren sein, Barty.« Sie schaute ihn liebevoll an, und er nahm sie noch auf der Schwelle in seine Arme und küßte sie.

»Sagen wir, ich schwitze nicht gerade aus allen Poren.«

»Komm rein, ich habe Feuer gemacht im Kamin.«

Er nahm Mantel und Hut ab, legte beides auf einen Stuhl in der Diele und folgte Lorna ins Wohnzimmer.

»Einen Drink zum Aufwärmen, Barty?« Sie ging zu dem Tischchen mit dem Tablett.

»Gin mit irgend was?«

»Ich hätte lieber einen Whisky mit Soda, wenn du mir einen gibst.«

»Natürlich. Es ist schließlich dein Whisky. Du hast ihn selbst besorgt.«

Bartels stand am offenen Kamin, streichelte das Ohr des Corgi-Hundes und sagte: »Rede bloß nicht immer von den kleinen Geschenken, die ich dir mache. Alles, was ich besitze, gehört dir, oder uns beiden, wenn du es so lieber hast.«

Sie mixte sich einen Gin mit Wermut und goß Bartels Whisky mit einem Schuß Soda ein, dann brachte sie die beiden Gläser zum Kamin. Sie reichte ihm sein Glas, hob das ihre und sagte: »Also dann, Prost. Gott sei mit uns, mein Lieber.«

Der eine rief ›Gott sei mit uns‹, und ›Amen‹ rief der andere. Warum muß ich bloß an die beiden Wachen aus ›Macbeth‹ denken? fragte sich Bartels. Ermordet im Schlaf, wie Duncan. Nein – Beatrice würde zuvor schon tot sein. Er warf einen Blick auf seine Armbanduhr. Sieben Uhr fünfzehn. Acht Uhr fünfzehn, neun Uhr fünfzehn, zehn Uhr fünfzehn, elf Uhr fünfzehn. Stunden und Tage und Jahre, und was waren schon ein paar Jahre mehr oder weniger?

»Fühlst du dich nicht wohl, Barty?«

Er wollte barsch erwidern, er fühle sich ausgezeichnet, warum sollte er sich nicht wohl fühlen, wieso glaubte sie, daß er sich nicht wohl fühle? Aber er hatte seine Lektion gelernt.

»Ich fühle mich ausgezeichnet, danke«, erwiderte er freundlich. »Warum?«

»Du siehst ein bißchen blaß aus, das ist alles.«

»Vielleicht habe ich eine leichte Erkältung. Aber es ist nicht der Rede wert.«

Er legte den Arm um ihre Schultern, näherte das Gesicht dem ihren und küßte sie sacht auf die Lippen.

»Du hättest nicht hierherfahren sollen, wenn du erkältet bist«, sagte Lorna. »Nicht bei diesem kalten, scheußlichen Wetter.«

»Was hätte ich denn tun sollen?«

»Zu Hause bleiben.«

»Ohne dich? Nein, danke.«

»Auf jeden Fall mußt du ein paar Aspirin schlucken, bevor du zu Bett gehst.«

Zu Bett gehen? Wann würde er wohl zu Bett gehen? Um ein Uhr nachts? Um zwei? Es konnte ebensogut drei oder vier Uhr morgens werden. In diesem Fall würde er die Aspirintabletten wohl mit dem Tee nehmen, den ihm der Kriminalbeamte und der Constable brauten, bevor sie sich ›ein wenig in der Wohnung umschauten‹, wie sie es nennen würden. Nein, er hatte keine Ahnung, wann er zu Bett gehen würde.

Er legte wieder den Arm um Lornas Schultern und preßte sie an sich, ohne sie zu küssen. Statt dessen schaute er zu Boden, studierte das Muster des Teppichs, als versuche er, Kraft zu gewinnen aus der Ruhe, die von Lorna ausging und die er zu ihren bemerkenswertesten Vorzügen zählte.

»Lorna, Lorna, ich liebe dich so sehr.«

Er nahm die Hand von ihrer Schulter und strich damit sachte über ihr Gesicht, dann zog er ihren Kopf herunter, so daß er auf seiner Schulter ruhte, und berührte ihre Augenbrauen mit den Lippen. Lorna griff mit ihrer Hand nach der seinen und streichelte sie.

Ihre Hand war zart, ihre Bewegungen waren sanft, und nach und nach fühlte er, wie die Erregung in seinem Inneren nachließ. Plötzlich machte sie sich von ihm los und sagte: »Moment mal, junger Mann. Jetzt gibt's erst mal ein kleines Abendbrot.«

»Ich helfe dir dabei.«

Er wollte mit ihr in die Küche gehen, und der Corgi, der instinktiv erkannt hatte, daß es sich nunmehr offensichtlich mehr um leibliche Nahrung drehte, erhob sich und schlich ebenfalls hinter Lorna her.

»Setz dich doch ein bißchen an den Kamin, Barty«, sagte Lorna. »Wärm dich erst mal richtig auf. Ich bin sowieso schon fast fertig.«

»Ich komme lieber mit und helfe dir, Schatz.«

»Aber es gibt nichts zu helfen, Barty. Wirklich nicht. Ich habe den Servierwagen bereits gedeckt, weil ich dachte, wir essen hier drinnen; drüben im Eßzimmer ist es zu kalt. Jetzt brauche ich nur noch die Suppe heißzumachen und die Leber und den Schinken in die Pfanne zu geben. Die Kartoffeln sind schon fertig. Also sei so gut und setz dich hin.«

»Ich möchte bei dir sein. Ich bin viel lieber in deiner Nähe.«

Aber sie stieß ihn sanft zurück, in Richtung auf das Tischchen, wo die Getränke standen.

»Sei doch nicht so hartnäckig. Schenk dir noch einen steifen Whisky ein, und dann setz dich ans Feuer. Es dauert keine zehn Minuten.«

Er sah ihr nach, wie sie hinausging, und wagte nicht, ihr zu widersprechen, weil es ihr sonst vielleicht aufgefallen wäre. An diesem Abend durfte er nichts tun, was von seinem gewöhnlichen Verhalten abwich. Er mußte ruhig und ganz normal erscheinen. Er schenkte sich einen Schluck Whisky ein, setzte sich ans Feuer und war froh, daß er nicht darauf bestanden hatte, mit in die Küche zu kommen. Heute abend war die beste Gelegenheit, seine Willenskraft zu testen. Und wieder fühlte er die leichte Erregung bei dem Gedanken, daß es ihm bei seiner Tat in Wirklichkeit gar nicht um Lorna allein ging.

Er, Philip Bartels, war in Konflikt geraten mit den Gesetzen, mit der Gesellschaft, in der er lebte. Dagegen galt es etwas zu unternehmen. Was er jetzt brauchte, war Organisationstalent, Voraussicht, Nervenstärke und Mut. Zugegeben, er hatte gezögert, hatte Gewissensbisse bekämpfen müssen – und er hatte ein wenig Angst.

Warum auch nicht? War denn das nicht ganz normal?

Er war vielleicht kein besonders guter Weinvertreter. Oder genauer: Er war sogar ein ziemlich schlechter Weinvertreter. Er trank einen Schluck Whisky und sagte sich, daß er den Tatsachen ins Auge sehen mußte.

Aber er hatte Lorna gewonnen. Und nun, da er sie gewonnen hatte, durfte er sich nicht von widrigen Umständen davon abbringen lassen, wie es die meisten Männer in seiner Lage getan hätten.

Nein, Angst war jetzt völlig fehl am Platze. Er mußte in Aktion treten. Entschieden, aber mit Vorsicht und Voraussicht – mit Verstand. Nicht unüberlegt – er durfte nicht einen Fehler nach dem anderen begehen wie die meisten Verbrecher. Er mußte kühl und nüchtern bleiben.

Er fragte sich, wie viele von den hochmütigen Kunden, die seine Weine herabsetzten und verunglimpften, die sich mitunter sogar weigerten, mit ihm zu reden, wenn er sie besuchte, wie viele von ihnen den Mut hätten, in seiner Lage das zu tun, was er getan hatte.

Nein, die meisten hätten sich wohl entweder von Beatrice getrennt – eine unerfreuliche und erbärmliche Prozedur – oder das ganze Vorhaben fallengelassen.

Er stellte das leere Glas auf das Tischchen, streichelte den Kopf des Hundes und dachte an seinen Brutus, der jetzt unter dem Schnee lag, im Hügel am Gartenzaun. Armer Brutus, nun wirst du wohl doch keinen Grabstein bekommen. Na wenn schon.

Was würde wohl aus dem Landhaus werden?

Vermutlich gehörte es nun ihm. Er würde es verkaufen. Er konnte unmöglich wieder dort wohnen. Das brächte er nun doch nicht fertig. Oder sollte er es Beatrices Eltern zurückgeben? Es wäre eine anständige Geste. Sicher, sie würden sich entsetzlich aufregen. Aber sie würden darüber hinwegkommen. Sie hatten noch drei Kinder, und Beatrice besuchte sie ohnehin höchstens zwei- bis dreimal im Jahr.

Er hörte draußen in der Diele die Räder des Servierwagens quietschen, stand auf und öffnete die Tür.

Zu seiner eigenen Überraschung hatte er überhaupt keinen Appetit.

»Das kommt von deiner Erkältung«, sagte Lorna.

»Vielleicht«, entgegnete Bartels und starrte auf die hübsche, kleine Empireuhr auf dem Kaminsims. Viertel nach acht.

Jetzt waren es nur noch drei Stunden. Oder noch weniger. Die Zeit verging so schnell.

15

Im Wald oberhalb des Schlosses schrie ein Käuzchen, und von der Straße her hörte ich das Geräusch eines Autos.

Noch nicht, dachte ich, jetzt noch nicht! Laß sie doch jetzt noch nicht zurückkommen. Laß sie nicht in ihrem Straßenkreuzer vor dem Château vorfahren, daß die Scheinwerfer hinaufleuchten bei der Wende vor dem Haupteingang, hinauf in den Wald. Laß sie nicht aus ihrem Wagen steigen, lachend und fröhlich nach dem Ausflug in die Gegend; der eine lautstark verkündend, wie hungrig er sei, der andere nach einem großen Highball rufend – wie Frauen, die die Kinder zusammentrieben, die lärmenden Kinder, die Lichter, die überall im Schloß angeschaltet wurden, die Lieder, die gesungen wurden, fröhliche Lieder, fröhliches, unbeschwertes Lachen, Lachen und immer wieder Lachen . . .

Nette Leute, kein Zweifel, fröhlich und großzügig und offenherzig – aber jetzt konnte ich sie noch nicht brauchen. Nicht in diesem Augenblick, wo ich fast alles schon herausgefunden hatte, was Philip Bartels, mein Freund, damals gedacht haben mochte, in jener Zeit vor dem 26. Februar – und an diesem Tag, diesem verhängnisvollen Abend.

Das Motorengeräusch kam näher, immer näher . . . Und dann entfernte es sich, wurde leiser und erstarb. Dankbar atmete ich auf. Wieder schrie das Käuzchen.

Meine Pfeife war längst ausgegangen. Ich machte mir nicht die Mühe, sie noch einmal anzuzünden.

16

Es war gegen halb neun. Bartels und Lorna hatten die Suppe hinter sich und aßen die Leber mit Schinken. Sie saßen am Kamin, den Servierwagen zwischen sich, und George, der Corgi-Hund, schaute hoffnungsvoll von einem zum anderen.

Lorna sagte: »Wie geht es eigentlich Beatrice?«

Bartels, der gerade ein Stück Leber und ein Stück Schinken auf die Gabel spießte, sah sie überrascht an.

»Warum?« fragte er verblüfft.

»Hatte sie nicht manchmal Herzbeschwerden?« Lorna wußte, daß sie damit das Versprechen brach, das sie mir gegeben hatte.

»Ach, das meinst du. Ja, früher hatte sie mal damit zu tun.« Er wollte schon hinzufügen: ›Aber ihr Herz ist organisch völlig gesund‹, doch er hielt gerade noch rechtzeitig inne.

Was konnte ein Laie schon über Herzbeschwerden wissen, sagte er sich. Oder wußte Lorna, daß Herzbeschwerden, die nur von einer Überdosis Aspirin ausgelöst wurden, keinerlei ernsthafte Bedeutung hatten? War das nicht eine sehr gute Gelegenheit, sie darauf vorzubereiten, was er ihr schon am kommenden Morgen berichten würde?

Er spielte mit dem Gedanken, dann schnitt er ein Stückchen Leber ab und gab es dem Corgi, schaute zu, wie der Hund es hinunterschlang und ihn dabei anschaute, nach mehr bettelte. Bartels verdrängte den Gedanken. Es hatte keinen Sinn, überschlau zu sein.

Lorna war mit dem Essen fertig und wandte sich dem Feuer zu. Jetzt schälte sie schweigend eine Orange und warf die Schalen in die Glut. Bartels ließ der Gedanke nicht los, er betrachtete ihn von allen möglichen Blickpunkten. Warum eigentlich nicht? Was konnte es schon schaden, wenn er Lorna auf diese Weise vorbereitete? Nein, natürlich, er durfte es nicht übertreiben. Aber er konnte den Satz doch ganz beiläufig aussprechen.

»Mit Herzbeschwerden ist nicht zu spaßen«, sagte er geistesabwesend und ließ es dabei bewenden. Er war versucht, das Thema noch weiter auszuspinnen, aber er widerstand erfolgreich dem Drang und gratulierte sich zu seiner Überlegenheit.

»Ja«, sagte Lorna und starrte ins Feuer.

»Zigarette?« Bartels reichte ihr sein Etui.

Lorna schüttelte schweigend den Kopf und teilte ihre Orange. Der Hund stellte fest, daß wohl nichts mehr für ihn abfallen würde, und legte sich vor den Kamin, um ein Nickerchen zu machen.

Nach einiger Zeit fragte Bartels: »Was ist denn? Du bist so nachdenklich.«

»Ich habe allen Grund dazu.« Sie schaute ihn an und lächelte traurig.

»Warum? Was ist los?«

Die Vorahnung der kommenden Katastrophe oder die ungewohnte Bitterkeit in Lorna Dicksons Worten verursachte einen seltsamen Druck in Bartels' Magengegend. Er rutschte unbehaglich auf dem Sessel hin und her.

»Was ist denn?« fragte er nun schon zum drittenmal. »So sag es mir doch, um Himmels willen, und sitze nicht einfach schweigend da.«

»Barty«, begann sie schließlich, »ich möchte nicht, daß du es falsch auffaßt, was ich dir jetzt sage – es gibt keinen anderen Mann in meinem Leben, der mir soviel bedeutet wie du – keinen, seit Ronald tot ist.«

Sie hielt inne, während Bartels, die Augen weit aufgerissen, unbeweglich und starr das wilde Schrillen der Sturmglocke über dem Tosen der Brandung an einem felsigen Strand vernahm, lauter und lauter, und den entsetzlichen Trommelwirbel, der seine Brust, seinen Kopf, seinen ganzen Körper bis hin zu den Fingerspitzen erfüllte.

Jetzt sah ihm Lorna unverwandt in die Augen. Ihre Lippen waren ein wenig geöffnet, ihre Ruhe war dahin, doch die innere Schönheit, die sich durch die graublauen Augen mitteilte, blieb unverändert.

Sie erhob sich, ging um den Servierwagen herum und setzte sich auf die Armlehne von Bartels' Sessel, legte den Arm um Bartels' Schultern und preßte ihn an sich.

»Barty, ich glaube, wir können nicht so weitermachen wie bisher. Ich habe lange darüber nachgedacht. Ich glaube, es ist einfach nicht anständig gegenüber Beatrice, und es könnte ihr obendrein gefährlich werden . . .« Sie zögerte, suchte nach dem richtigen Ausdruck. »Und vor allem fürchte ich, wäre es auch gegenüber uns selbst, gegenüber dir und mir, nicht fair.«

»Warum?« flüsterte Bartels.

Die Alarmglocke war verstummt, die Brecher der Brandung hatten sich zurückgezogen. Sie hinterließen nichts als die gezackten, schwarzen Felsen der Verzweiflung. Und der Trommelwirbel wurde lauter und schneller, immer schneller.

»Warum, Lorna? Warum? Lorna, meine liebe Lorna, du kannst mir doch jetzt nicht einfach den Laufpaß geben. Nicht nach allem, was geschehen ist.«

Sie streichelte sein brünettes Haar, versuchte vergebens, die widerspenstige Locke glattzustreichen, die mitten auf seinem Schädel in die Höhe stand.

»Ja, soll ich dich denn nur heiraten, um dir nicht den Laufpaß geben zu müssen? Aus einer Art – Pflichtgefühl? Ist es wirklich das, was du willst?«

»Aber das ist doch nur eine vorübergehende Verstimmung, die dich beunruhigt, Lorna.« Er versuchte verzweifelt, seiner Stimme einen Ton von Zuversicht zu verleihen. »Morgen früh sieht alles ganz anders aus. Komm, trinken wir einen Schluck. Was möchtest du?«

Er versuchte aufzustehen, aber sie drückte ihn sacht auf den Sessel zurück. »Jetzt nicht, Lieber. Jetzt ist nicht die Zeit für einen Drink. Wir müssen ernsthaft und mit klaren Sinnen darüber reden.«

Er lehnte sich zurück; seine Augen starrten an die Decke. Er bewegte sich nicht; das Flackern des Feuers spiegelte sich in den Gläsern seiner Brille.

»Verstehst du es denn nicht?« fragte Lorna unglücklich. »Verstehst du es denn gar nicht? Wenn ihr etwas passieren würde, könnten wir uns das nie verzeihen. Immer würde sie zwischen uns stehen.«

»Glaubst du das?« fragte Bartels bitter. »Glaubst du das wirklich? Sicher, ich weiß, so steht es in den Romanen. Ihr Schatten würde zwischen uns stehen. Unser Glück würde zerbrechen. Ich weiß, ich weiß – ich habe es oft genug gelesen. Aber ich frage mich, ob es stimmt. Ehrlich gesagt, ich habe meine begründeten Zweifel.«

»Ich jedenfalls möchte es nicht darauf ankommen lassen.«

Die Pläne, die Vorsichtsmaßregeln, die Bedenken, die Angst – das alles war sinnlos. Beatrice mußte sterben als sinnloses Opfer auf dem Altar seines Versagens.

Selbst wenn Lorna ihre Meinung noch änderte, ehe er sie verließ: Wenn sie morgen früh hörte, daß Beatrice tot war, würde sie bestimmt glauben, er hätte ihr nun endlich die Wahrheit gesagt und sie sei danach an einem Herzanfall gestorben. Lorna würde sich das nie verzeihen. Sich nicht und ihm nicht.

Er hörte, wie Lorna sagte: »Ich weiß, was das für dich bedeutet.« Er dachte daran, wie oft das die Menschen sagten und wie wenig sie es wirklich wußten. Und er hörte, wie sie hinzufügte: »Glaube mir, ich hätte dich so gern geheiratet. Aber nicht so.«

»Nicht so«, wiederholte er tonlos.

Nicht so, hatte er sich gesagt, als Beatrice ihre Herzbeschwerden bekam und er darüber so erschrocken und unglücklich war.

Nicht so. Die Freiheit, ja, hatte er sich gesagt, aber nicht so, nicht durch Beatrices Tod; und später hatte er seine Meinung geändert, hatte gesagt: nicht durch ihren Tod, wenn er mit Angst und Schmerzen verbunden ist.

»Du brauchst dich ja heute abend nicht endgültig zu entscheiden«, flehte er Lorna an, doch zugleich dachte er: Was soll das? Wenn Beatrice stirbt, wird Lorna mich und sich selbst dafür verantwortlich machen.

»Glaube mir, es ist für mich ebenso schwer wie für dich«, sagte Lorna. »Und ich bin bereits zu einem Entschluß gekommen. Daran wird auch der kommende Tag, die kommende Woche nichts ändern.«

Plötzlich schlang sie ihre Arme um ihn und berührte seine Augenbrauen sacht mit ihren Lippen, wie er es zuvor bei ihr gemacht hatte.

»Mein lieber Barty, ich weiß, daß es nicht leicht ist – aber wir sollten es uns dennoch nicht noch unnötig erschweren. Versuchen wir, unser Leben zu Ende zu führen, ohne den Mitmenschen allzuviel Kummer zu bereiten.«

Nach einer Weile sagte er ganz kurz und bündig: »Na schön, wie du willst.« Er zog sich von ihr zurück, entschieden, aber nicht grob und stand auf. »Kann ich jetzt einen Drink haben?«

Lorna ging hinüber zu dem Tischchen mit dem Tablett, goß einen Whisky ein und reichte ihm das Glas.

»Trinkst du nichts?«

Sie schüttelte den Kopf, stand am Feuer, die Hände auf dem Kaminsims, und starrte ins Feuer. Er trank die Hälfte des Whiskys in einem Schluck.

»Und was wird jetzt aus uns?« fragte er dann.

»Ich glaube, wir sollten unsere Beziehungen abbrechen«, flüsterte Lorna. »Halbheiten helfen uns nicht weiter.«

»Na schön.« Er trank das Glas ganz aus. »Wie du meinst.«

»Glaubst du nicht, daß es besser ist?« fragte Lorna und starrte immer noch ins Feuer.

»Wie du meinst«, wiederholte Bartels. »Ich gehe jetzt. Vielen Dank für die schönen Stunden, die du mir bereitet hast. Und vielen Dank für das Abendessen.«

Lorna drehte sich rasch um. »Nein, Barty – nicht so. Laß uns nicht so voneinander Abschied nehmen.«

»Wie – so?«

»In Bitterkeit.«

Sie wollte ihren Arm um seinen Hals schlingen, doch er stieß sie weg.

»Und so erst recht nicht.«

»Ich weiß, du hältst mich für herzlos, und das tut mir leid. Ich wollte, es wäre anders gekommen.«

Bartels seufzte und schüttelte ungeduldig den Kopf.

»Du hättest es mich vielleicht ein bißchen eher wissen lassen sollen, das ist alles.«

Er fühlte die Panik, die wie wütende Brecher auf ihn einstürmte: Angenommen, Beatrice hatte ihre Pläne für den Abend nicht geändert, dann war noch Zeit genug, Zeit genug, um nach Hause zu fahren. Aber nur, wenn er jetzt sofort losfuhr. Er mußte gehen, unverzüglich.

Seine Gefühle waren in einem Zustand völliger Verwirrung. Der Schmerz, den Lornas Entscheidung hervorgerufen hatte, wurde betäubt von der Angst, Beatrice könnte völlig sinnloserweise sterben, und der Schock, den Lornas Worte ausgelöst hatten, wurde erstickt durch den Zwang, so schnell wie möglich zurückzufahren nach London.

In seinem Inneren war er verzweifelt und zutiefst verletzt, doch dieses Gefühl wurde vorübergehend unterdrückt durch den Aufruhr anderer Gefühle. Er verfluchte jetzt jeden Augenblick, den er noch länger in diesem Haus verweilen mußte. Er warf einen Blick auf die Uhr. Zehn nach neun. Eineinhalb Stunden – vielleicht weniger.

Er ging zur Tür, blieb stehen, drehte sich um. Lorna stand mitten im Zimmer und schaute ihm nach.

»Tun wir so, als ginge ich nur schnell hinüber in die Kneipe und besorgte uns eine Flasche Gin«, sagte er. »Machen wir uns den Abschied so leicht wie möglich.«

Seine Hand lag bereits auf dem Türknopf, als ihm plötzlich etwas einfiel. Er ging ein paar Schritte zurück, starrte auf den Boden, und das Blut schoß ihm ins Gesicht, wie immer, wenn er einen unerwarteten Schock erlebte.

Sie hatte die Angewohnheit, seine Briefe aufzubewahren, und er hatte ihr sehr oft geschrieben. Er versuchte, den Gedanken so schnell wie möglich zu Ende zu denken, versuchte, sich an jeden einzelnen seiner Sätze zu erinnern, fragte sich, ob einer darunter war, der ihn, wenn es zum Schlimmsten kam, vor Gericht belasten würde.

Angenommen, man fand die Briefe. Man entdeckte einen verräterischen Satz. Man würde ihn hängen, jawohl hängen. Man würde ihm ein weißes Tuch um den Kopf legen, daß er fast erstickte, viel schlimmer als in einem abgesperrten Zimmer oder in einem Tunnel. Er würde schreien, würde versuchen, sich zu befreien, und alles wäre so entsetzlich – so würdelos ...

Eine Welle von Klaustrophobie lief ihm über den Körper, Schweiß trat ihm auf die Stirn, und er mußte die Fäuste ballen und die Zähne zusammenbeißen, dann tief durchatmen, bis er langsam, nach und nach seine Gedanken wieder auf die Briefe konzentrieren konnte, die er an Lorna geschrieben hatte.

Lorna Dickson starrte ihn besorgt an. »Ist dir nicht wohl, Barty?«

»Doch«, sagte er. »Doch, mir ist ganz wohl. Laß mich nur einen Augenblick nachdenken.«

Sie erwiderte nichts, ging zu dem Tablett mit den Getränken und goß ein kleines Glas Kognak ein. Dann brachte sie es ihm, doch er entgegnete: »Nein, danke. Keinen Kognak. Ich will nur einen Augenblick nachdenken, Lorna. Nur ein paar Minuten.«

Aber es stand nichts Belastendes in den Briefen. Davon war er jetzt überzeugt. Warum auch? Er hatte Beatrice kaum darin erwähnt.

Er konzentrierte sich auf die Briefe, die er in letzter Zeit geschrieben hatte: aus Manchester, Leeds, Bradford, aus Südengland.

Was hatte er ihr aus Manchester geschrieben, wo er das Altrapein gekauft hatte? Ja, in diesem Brief hatte er Beatrice erwähnt. Er hatte geschrieben, daß er Beatrice die Wahrheit sagen wolle, daß er sie bitten würde, ihn freizugeben. Das war noch, ehe er sich endgültig zu seiner Tat entschlossen hatte.

Und in diesem Augenblick erinnerte er sich an den genauen Wortlaut. Als er sich über dessen Bedeutung klarwurde, schoß ihm wieder das Blut ins Gesicht.

›Was Beatrice betrifft‹, hatte er geschrieben, ›so komme ich morgen abend zu ihr in unser Landhaus. Wir werden das Wochenende über allein sein. Eine gute Gelegenheit, die Sache endlich hinter mich zu bringen.‹

Und fast gleichzeitig erinnerte er sich an einen anderen Brief, den er ihr aus Cardiff geschrieben hatte. Schon vor einiger Zeit, aber das änderte nichts, im Gegenteil, es bewies einem unbefangenen Betrachter höchstens, wie lange er seine Tat schon vorbereitet hatte. ›Den ersten Teil des Abends werde ich mit Dir, meine geliebte Lorna, verbringen, und du wirst mir die Kraft geben, das zu tun, was getan werden muß, wie wir beide schon seit langem wissen.‹

Er ließ sich auf einen Sessel fallen und bedeckte sein Gesicht mit den Händen. Lorna trat zu ihm und legte ihm wieder den Arm um die Schultern.

»Was ist denn, Barty?«

Er nahm die Hände vom Gesicht, stand auf, ging hinüber zum Kamin, stand unentschlossen da und überlegte sich, ob es noch weitere belastende Stellen in seinen Briefen gab, fragte sich, was er nun tun sollte.

Es gab mindestens noch eine weitere solche Stelle, aber er erinnerte sich nicht genau, in welchem seiner Briefe sie enthalten war. Er wußte nur noch, daß er sich bei Lorna bedankt hatte, weil sie ihn bestärkt hatte, seine Pläne auszuführen, wie schwer ihm das auch fallen mochte.

Natürlich bezogen sich alle diese Stellen lediglich auf ein klärendes Gespräch mit Beatrice – und dennoch war jede einzelne davon im Zusammenhang mit anderen Faktoren ausreichend, um jedes Gericht dieser Welt von seiner Schuld zu überzeugen. Und noch schlimmer: Dadurch wurde Lorna mit in den Mordprozeß hineingezogen, als seine Komplizin.

Was würde aus Lorna werden? Was für eine Chance hat die ›andere Frau‹ in einem solchen Prozeß?

Da sitzt der Ankläger, die Perücke auf dem Kopf, ein harter, unbarmherziger Mann. Er zupft an seinem Talar, lächelt selbstbewußt, breitet die Arme aus.

»Dies, meine verehrten Geschworenen, ist der klare und eindeutige Beweis, daß der Tod der unglücklichen Mrs. Bartels ausschließlich dem Zweck diente, die verbrecherischen Pläne der beiden Angeklagten zur Verwirklichung zu bringen.

Wir haben den Beweis, daß Mrs. Bartels an den Wirkungen eines Giftes starb, das nur sehr schwer nachzuweisen ist, da man seine Symptome leicht mit denen einer gewöhnlichen Herzthrombose verwechseln kann. Wir kennen die Aussage eines Drogisten aus Manchester, daß der Mann, der hier als Angeklagter vor uns steht, jenes Gift namens Altrapein in seinem Geschäft gekauft hat, daß er dabei seine Brille abgenommen hat, um nicht erkannt zu werden, und daß er im Giftbuch mit dem Namen eines ehrbaren Geschäftsmannes aus Leeds unterschrieben hat, der dem Angeklagten in keiner Weise gleicht und noch nie in seinem Leben Altrapein gekauft hat.

Und hier haben wir jene bezeichnenden Sätze in seinen Briefen an seine Geliebte Lorna Dickson: ›Wir werden das Wochenende über allein sein. Eine gute Gelegenheit, die Sache endlich hinter mich zu bringen.‹ Und weiter: ›Du wirst mir die Kraft geben, das zu tun, was getan werden muß, wie wir beide schon seit langem wissen.‹ Bitte achten Sie dabei genau auf den Wortlaut, meine verehrten Geschworenen: ›Wie wir beide schon seit langem wissen!‹ Dies ist nämlich zugleich auch der klare Beweis dafür, daß diese Dickson genau wußte, was für ein entsetzliches Verbrechen ihr Geliebter im Sinne hatte.«

Die Zeugin Miss Latimer. Der Barkeeper aus dem Hotel in Cobham. Aha, aufgeregt und verzweifelt war der Angeklagte also an jenem bewußten Tag.

Und so weiter, und so weiter.

Man würde seine Liebe zu Lorna in den Schmutz ziehen. Niemand würde glauben, daß es Liebe war und nicht gemeine Lust, die ihn zu dem Verbrechen getrieben hatte.

Bartels drehte sich ruckartig um. Es war inzwischen zwanzig nach neun. Er sagte abrupt: »Lorna, kann ich die Briefe zurückhaben, die ich dir geschrieben habe – jetzt gleich?«

»Natürlich kannst du sie haben«, entgegnete Lorna überrascht. »Aber doch nicht jetzt, nicht heute abend?«

»Wäre das nicht besser?«

»Was würdest du denn mit ihnen anfangen? Du würdest sie doch wohl verbrennen, oder?«

»Es ist besser für uns beide, wenn sie aus dem Weg sind.«

Lorna lächelte schwach. »Du bist erstaunlich vernünftig, Barty.« Sie dachte einen Augenblick lang nach und fügte dann hinzu: »Traust du mir denn nicht, wenn ich dir sage, daß ich sie verbrenne? Oder soll ich sie dir lieber in einem Päckchen ins Büro schicken?«

»So etwas vergißt man leicht«, entgegnete Bartels und versuchte, so ruhig wie möglich zu sprechen. »Es wäre mir lieber, wenn du sie mir jetzt gleich geben würdest, Lorna. Wenn du nichts dagegen hast.«

»Du meine Güte, die liegen überall herum. Einige sind im Schreibtisch, ein paar in der Schublade meiner Frisierkommode – überall.«

Bartels dachte: Zehn Minuten, bis sie sie beisammen hat, vielleicht eine Viertelstunde, vielleicht noch länger. Und auch das war noch keine Garantie, daß er sie danach alle in Händen hatte – namentlich diejenigen, auf die es ankam. Was nützte es also, zu warten? Es war besser, gleich wegzugehen und so schnell zu Beatrice zu fahren, wie er nur konnte. Er hatte bereits zehn Minuten vergeudet – kostbare zehn Minuten.

»Du denkst doch nicht, daß ich dich damit erpresse, Barty?« sagte Lorna in scherzhaftem Ton und versuchte, die Spannung zu durchbrechen, die jetzt zwischen ihnen herrschte.

Doch er antwortete sehr ernst: »Nein – nein, ich weiß, daß du das nicht tun würdest. Darum geht es nicht.«

Er konnte sie nicht weiter drängen. Abgesehen von der Zeit, die er damit vergeudete, würde es nur ihren Verdacht wachrufen. Er fand ohnehin, daß er bereits weitergegangen war, als das ratsam gewesen wäre.

Er schaute sie irgendwie hilflos an; seine braunen Augen glommen düster hinter den Brillengläsern, die Locke auf seinem Kopf stand wieder senkrecht in die Höhe. Sein Gesicht mit dem breiten Mund und der dünnen Nase war gerötet von dem Whisky, den er getrunken hatte, vielleicht auch von der Hitze, die im Raum herrschte, und von seinem erregten Zustand.

»Mach dir keine Gedanken mehr darüber«, sagte er langsam. »Das hat ja Zeit.«

»Ich schicke dir die Briefe morgen gleich zu, Barty – ins Büro, per Einschreiben, mit dem Vermerk: Nur persönlich zu übergeben – soll ich?«

»Nein«, entgegnete er schnell. »Verbrenn sie, Lorna, gleich morgen früh. Aber sieh zu, daß es alle sind.«

Lorna nickte. »Wie du willst.«

Bartels sah sich noch einmal im Wohnzimmer um, dann betrachtete er Lorna Dickson. Sie stand unter dem Kristallüster und erwiderte seinen Blick. Eine volle Minute lang starrten sie einander an, traurig und sehr verlegen zugleich, weil jeder von ihnen wußte, daß nun der Augenblick der Trennung gekommen war, und weil beiden in dieser Situation die richtigen Worte fehlten.

Bartels fühlte nun doch ein wenig Bitterkeit. Noch betäubt durch die Wirbel von Pein und Angst, drang es ihm vage ins Bewußtsein, daß dies zugleich das Ende seiner Suche bedeutete. Was auch geschehen mochte, in seinem Leben würde es niemals die Liebe geben, von der er schon als kleiner Junge geträumt hatte, denn es gab keine zweite Lorna für ihn, konnte keine geben auf dieser Welt.

Und während er sie beobachtete, begann er zum erstenmal daran zu zweifeln, ob sie ihn wahrhaft liebte oder geliebt hatte. Warum hatte sie, wenn sie ihn wirklich liebte, so wenig Bewegung gezeigt an diesem Abend?

Wenn man so verliebt war wie er, interessierte man sich nicht im geringsten für die Gefühle des anderen, der Außenstehenden, wurde getrieben von einem Feuer, dem nichts zu widerstehen vermochte. Dann kümmerte man sich um keinen anderen, war bereit, zu kämpfen und sogar zu zerstören, so wie er.

Das war es, das war die entscheidende Prüfung: Wenn man liebte, war man bereit, alle Hindernisse zu zerstören. Und in diesem Punkt wollte Lorna noch nicht einmal ein Stück des Weges mit ihm gehen.

Es war vielleicht unlogisch, aber er ärgerte sich nun über ihre Ruhe und Gelassenheit. Sie könnte wenigstens so tun, als gehe ihr das alles an die Nieren, dachte er.

Aber er sagte kein Wort.

Plötzlich drehte er sich um, öffnete die Tür zur Diele, ging hinaus, zog seinen Mantel und die Handschuhe an, setzte den Hut auf und schritt langsam auf die Haustür zu.

Lorna folgte ihm, und George, der Corgi-Hund, kam ebenfalls hinterdrein. Er dachte wohl, daß ihm noch ein abendlicher Spaziergang bevorstand.

Bartels öffnete die Tür, und der Hund schlüpfte hinaus.

»Was wirst du jetzt tun?« fragte Bartels. »Gehst du zu Bett?«

Sie nickte. »Ich bin müde.«

Er nahm sein Zigarettenetui aus der Tasche, bot ihr eine Zigarette an und zündete sich selbst eine an, nachdem sie abgelehnt hatte.

»Ich warte, bis du oben bist – wie immer.«

Es war ein langvertrauter Brauch. Wenn sie oben war in ihrem Schlafzimmer, öffnete sie das Fenster und winkte ihm nach.

Erst jetzt zeigte sie aufrichtige, tiefe Bewegung. Sie versuchte, zu lächeln. Ihre Lippen zitterten. Bartels wandte sich rasch ab und ging hinaus.

»Also, ich muß jetzt weg«, sagte er. Draußen drehte er sich noch einmal um. »Leb wohl, Lorna.« Er zögerte einen Augenblick, wollte hinzufügen: »Leb wohl, liebe, geliebte Lorna.« Doch er beherrschte sich.

Sie stand unter der Tür, während der Hund an ihr vorbei zurück in die Wärme des Hauses schlüpfte. Sie hob die Hand und winkte – eine verwirrte, fast rührende Andeutung eines Winkens. Und sie sagte kein Wort.

Das war sein letzter Eindruck von ihr: Wie sie unter der Tür stand, während der Corgi an ihr vorbei ins Haus schlüpfte. Dann schloß sich die Tür.

Er ging zu der kleinen Gartenpforte und wartete, wie immer. Das Licht über dem Eingang verlosch. Dann ging auch im Wohnzimmer und in der Diele das Licht aus, und er dachte: Jetzt geht sie die Treppe hinauf.

Gleich danach wurde das Schlafzimmerfenster hell.

Er wartete eine halbe Minute, fragte sich, ob sie das Fenster noch einmal öffnen würde, hielt die Zigarette bereit, um ihr mit der Glut ein Zeichen zu geben, wie immer, wenn er sich von ihr verabschiedet hatte.

Doch das Fenster blieb geschlossen. Das Schluchzen eines grenzenlosen Selbstmitleids schnürte ihm die Kehle ab.

Er fuhr über die Landstraße, so schnell er konnte – im dritten Gang, damit der Motor warmlaufen konnte –, bog dann in die Hauptstraße ein und schaltete in den vierten Gang.

Bei der Einfahrt in die Straße London-Guildford verlangsamte er kurz die Fahrt, erreichte bald die Ortsgrenze von Cobham, folgte der kurvenreichen Straße und beschleunigte am Ende des Städtchens wieder auf hundert.

Der Schnee lag noch auf dem grasbewachsenen Randstreifen und auf den Hecken, welche die Straße begrenzten, doch die Fahrbahn selbst war längst durch den dichten Verkehr abgefahren und trokken.

Allerdings war jetzt der Verkehr selbst für diese Zeit außerordentlich schwach. Die kalte Witterung – noch immer herrschte Frost – hielt die meisten Menschen zu Hause fest. Nur hier und da begegnete ihm ein einzelner Personenwagen, hier und da auch ein Lastwagen. Bartels dachte in der Dunkelheit und der Isolation des Wagens an die Briefe, die er an Lorna geschrieben hatte.

›Eine gute Gelegenheit, die Sache endlich hinter mich zu bringen.‹ Was für eine Sache? Den Mord natürlich, würde jedes Gericht dieser Welt behaupten. ›Was getan werden muß, wie wir beide schon seit langem wissen.‹ Was mußte getan werden? Der Mord. Er und Lorna auf der Anklagebank. Lorna, die dem Richter unerschrocken in die Augen schaut. Unerschrocken, weil sie an die Gerechtigkeit der britischen Justiz glaubt.

Es ist noch kein Unschuldiger in England gehängt worden – sagen die Leute.

Besser, hundert Schuldige laufen zu lassen als einen Unschuldigen zu bestrafen. Sagen die Leute.

Die Justiz Großbritanniens, weltberühmt, und die Geschworenen, die ihr Bestes tun – und die dennoch von den Instinkten und Vorurteilen beherrscht sind, die ihnen von Generation zu Generation vererbt wurden: ehrbare Männer und Frauen, die versuchen würden, den Gedanken zu verdrängen, daß Lorna nun einmal den dritten Punkt in diesem altbekannten Dreieck bildete.

Was für eine Chance hatte die ›andere Frau‹, die unter Mordanklage stand und von zehn ehrbaren Männern und zwei ehrbaren Hausfrauen begutachtet wurde?

Ehe er eine Antwort fand auf diese Frage, sah er den dunklen Wagen, der an ihm vorbeischoß, achtete jedoch kaum darauf, sondern fuhr näher an den Randstreifen heran, damit der andere leichter überholen konnte. Er schaute grundsätzlich von Zeit zu Zeit in den Rückspiegel, hatte den Wagen aber nicht herankommen sehen.

Entweder war er ihm ohne Scheinwerfer gefolgt, oder er hatte irgendwo am Straßenrand gewartet und war dann hinter ihm hergekommen. Während der Wagen überholte, ertönte laut die Glocke. Nun sah er auch das erleuchtete Polizeischild auf dem Dach des Wagens, der vor ihm nach rechts schwenkte, und dessen Fahrer ihn mit einer Handbewegung zum Anhalten aufforderte.

So schnell ... So schnell war Beatrice also gestorben ...

Aber das war Unsinn. Niemand konnte wissen, daß er ausgerechnet hier unterwegs war. Selbst wenn man Beatrice tot aufgefunden hatte, selbst wenn man die Nummer seines Kennzeichens durchgegeben hatte, wußte doch kein Mensch, daß er sich ausgerechnet auf dieser Straße befand. Abgesehen davon war kaum anzunehmen, daß man die Todesursache so schnell herausgefunden hatte.

Eine Frage sprang ihn an, ganz plötzlich, aus der Dunkelheit und traf ihn völlig unvorbereitet. War es denn sicher, daß Beatrice auf das Gift genauso reagierte wie Brutus, der Hund? Er packte das Lenkrad, versuchte, seine Angst zu bekämpfen. Er hatte den absurden Drang, das Signal des Polizeiautos zu mißachten, einfach weiterzufahren, dann stehenzubleiben und quer über die Felder zu fliehen.

Doch er hielt hinter dem Wagen an, kurbelte das Fenster herunter und saß da, während eine Welle von Übelkeit in ihm hochstieg. Zwei Polizeibeamte kamen auf ihn zu. Einer blieb vor Bartels' Wagen stehen und notierte sich die Nummer des Kennzeichens. Der andere trat an die Tür auf der Fahrerseite, beugte sich hinunter und steckte den Kopf durch das offene Fenster.

»Wissen Sie, daß Ihr rechtes Rücklicht nicht brennt, Sir?«

»Das Rücklicht?« flüsterte Bartels. »Wieso das Rücklicht?«

»Wenn Sie aussteigen wollen und sich selbst überzeugen wollen, Sir ...«

Die wollen nur feststellen, ob ich nüchtern bin, dachte Bartels. Sie wollen sehen, ob ich noch gerade gehen kann. Ich muß vorsichtig sein, um auf der eisigen Straße nicht auszurutschen, ich muß vorsichtig gehen, aber wiederum auch nicht zu vorsichtig, ich darf mich nicht allzu dicht an den Wagen drücken, obwohl ich das normalerweise auf einer so belebten Straße tun würde. Aber das würde einen schlechten Eindruck machen. Wenn sie mich jetzt festnehmen wegen Trunkenheit, dann ist alles zu Ende. Und ich darf auch nicht allzu vorsichtig sprechen, wenn ich ihnen antworte. Wenn man mich festnimmt, muß Beatrice sterben.

Bartels öffnete die Tür und stieg aus. Er ging langsam, aber mit festen Schritten zum Heck seines Wagens.

Der Polizeibeamte deutete auf das Rücklicht. »Sehen Sie, Sir? Es brennt nicht.«

Bartels schlug leicht mit dem Handballen auf das rechte Rücklicht, und in diesem Augenblick leuchtete die Birne auf.

»So ist es schon besser«, sagte der Polizeibeamte.

»Wahrscheinlich ein Wackelkontakt«, erklärte Bartels und lächelte.

»Sie sind sich wohl dessen bewußt, daß Sie damit eine Übertretung begangen haben, Sir?«

Bartels nickte. »Ja, ich glaube.«

»Haben Sie Ihren Führerschein bei sich, Sir?«

»Sie werden doch deswegen keine Anzeige gegen mich erstatten, oder?«

»Haben Sie Ihren Führerschein bei sich?«

»Ja.«

Bartels tastete seine Taschen ab, nahm die Brieftasche heraus und reichte ihm den Führerschein. Der Polizeibeamte prüfte ihn sorgfältig, wobei er sich viel Zeit ließ, dann machte er sich ein paar Notizen in sein schwarzes Büchlein.

O Gott, betete Bartels, sieh zu, daß er bald fertig ist; das dauert ja eine Ewigkeit. O Gott, wenn es dich gibt, dann mach, daß dieser Mann sich ein bißchen beeilt.

Der Polizeibeamte gab ihm den Führerschein zurück. Bartels wollte schon wieder in seinen Wagen steigen, als der Polizeibeamte ihn fragte: »Haben Sie auch Ihre Versicherungskarte bei sich, Sir?«

»Ja, ich habe sie bei mir, so glauben Sie mir doch. Und ich habe meine Prämie pünktlich bezahlt. Muß ich sie Ihnen zeigen? Ich habe es nämlich sehr eilig.«

Sehr eilig – das war ein schwerer Fehler. Das hätte er nicht sagen sollen, daran würde man sich erinnern. Und in der fraglichen Nacht, meine sehr verehrten Geschworenen, befand er sich in einem erregten und zerrütteten Zustand, was Ihnen sowohl der Barkeeper eines Hotels in Cobham wie auch eine Polizeistreife bestätigte, die ihn zufällig angehalten hatte. Schlimm, sehr schlimm.

Er hörte, wie der Beamte sagte: »Darf ich sie sehen, Sir?«

Bartels nahm seine Brieftasche noch einmal heraus und reichte dem Polizeibeamten die Versicherungskarte. Der Mann studierte sie eingehend, dann gab er sie ihm zurück.

»Woher kommen Sie, Sir?«

»Aus der Gegend von Woking.«

»Und wohin fahren Sie?«

»Nach London.«

»Danke, Sir, das ist alles. Vielleicht lassen Sie den Kontakt der Rücklichter demnächst einmal überprüfen. Gute Nacht, Sir.«

»Gute Nacht«, sagte Bartels.

Er kletterte wieder in den Wagen. Die beiden Beamten gingen zurück zu ihrem Streifenwagen. Bartels wartete, bis der Polizeiwagen losgefahren war, wartete, bis seine Rücklichter kleiner wurden und in der Ferne verschwanden.

Dann ließ er den Motor an und fuhr weiter. Es hatte wieder leicht zu schneien begonnen.

Als er auf halber Strecke zwischen Cobham und Esher war, schaute er auf die Uhr am Armaturenbrett. Zwanzig vor zehn. Er begann zu rechnen.

Für die Kingstone-Umgehungsstraße brauchte er dreizehn Minuten, das wußte er, und vom Ende dieses breiten Stücks bis zu seiner Wohnung waren es weitere zwanzig Minuten – also insgesamt dreiunddreißig.

Er mußte spätestens 22.30 Uhr zurück sein in der Wohnung, das hieß, er hatte siebzehn Minuten Zeit, um von hier aus nach Esher, durch den Ort und zum Beginn der Umgehungsstraße zu gelangen. Also genügend – vorausgesetzt, Beatrice hielt sich an ihren Plan. Doch in dem Augenblick, als er daran dachte, war er auch schon felsenfest davon überzeugt, daß er es nicht schaffen würde. Er würde seine Wohnung weder um 22.30 Uhr noch um 23.30 Uhr erreichen.

Irgend etwas würde ihn unterwegs aufhalten.

Etwas würde aus dem Dunkel der Nacht seine Hand nach ihm ausstrecken, dieses Etwas, das ihn auch jetzt schon genau beobachtete, mit einem heiseren Lachen in der Kehle. Es bemerkte, wie er seine Fahrt verlangsamte, von achtzig auf sechzig, dann auf fünfzig – es lachte höhnisch und sah ihm zu, wie er durch die Windschutzscheibe die Straße vor sich mit gebannter Aufmerksamkeit betrachtete.

Dieses Etwas lauerte auf ihn in jeder Kurve, war bereit, auf ihn loszuspringen und einen Zusammenstoß herbeizuführen; es saß hinter dem Lenkrad irgendeines entgegenkommenden Lastwagens in Gestalt eines betrunkenen oder übermüdeten Fahrers, es legte seine Hand an die schneebeladenen Bäume, die sich über die Straße neigten, bereit, ihm im letzten Augenblick einen dicken Ast auf die Fahrbahn zu werfen.

Jetzt hatte es zu schneien aufgehört. Er schaltete den Scheibenwischer ab, und die Straße lag deutlich und weiß im Mondlicht vor ihm, doch Bartels fühlte, daß das dennoch nicht sein unvermeidliches Ende verhindern würde. Er drosselte das Tempo noch mehr, auf vierzig Stundenkilometer, und fuhr ganz links am Straßenrand, als ein Lastwagen von hinten heranrumpelte, ihn polternd überholte und mit unverminderter Geschwindigkeit weiterdonnerte.

Durch Esher kroch er mit einer Geschwindigkeit von höchstens dreißig Stundenkilometern, und als er die kurvenreiche Ortsdurchfahrt hinter sich hatte, fühlte er sich erheblich besser.

Sein Mut kehrte zurück, und er fuhr wieder schneller.

Nachdem er die vierspurige Schnellstraße erreicht hatte, beschleunigte er das Tempo auf siebzig. Er machte sich Vorwürfe, weil er durch seine übervorsichtige Fahrweise allzuviel Zeit versäumt hatte, doch er hoffte trotzdem, noch eine Viertelstunde früher anzukommen, als es unbedingt nötig war.

Beatrice ging selten eher als um halb elf oder Viertel vor elf zu Bett, häufig sogar erst nach elf Uhr. Er stellte sich vor, wie er seine Wohnung betrat, während Beatrice noch am Kamin saß und eine letzte Tasse schwachen Chinatee trank. Dann brauchte er nur, wie immer, ins Schlafzimmer zu gehen und das gefährliche Fläschchen von ihrem Nachttisch wegzunehmen.

Danach würde er das Altrapein in das Waschbecken im Bad leeren, gut nachspülen, das Fläschchen säubern und es in den Mülleimer werfen oder in seine Manteltasche stecken – das war in dem Fall dann egal.

Die andere, die er während der Mittagspause gekauft hatte, die Flasche, die das reine Magenmittel enthielt, würde er statt dem Giftfläschchen auf Beatrices Nachttisch stellen. War sie dagegen schon im Schlafzimmer, dann würde er sagen, er sei früher weggegangen, weil er Magenbeschwerden hatte, und würde sie bitten, ob er den Rest ihrer Medizin haben könne. Sie würde sicher nichts dagegen einzuwenden haben. Er lächelte. Ja, so einfach würde es sein.

Der Weg der Sünde war offensichtlich doch nicht so gewunden, wie man immer behauptete. Nein, er lag gerade und übersichtlich vor ihm, und was seine Zukunft, was Lorna betraf, konnte er ruhig erst einmal alles auf sich zukommen lassen. Er dachte an den gewundenen Weg der Sünde, an die sieben Todsünden, den Stolz, die Begierde, die Wollust, die Völlerei, den Zorn, den Neid und die Faulheit, und er versuchte zu ergründen, welche davon ihn in seine gegenwärtige, mißliche Situation gebracht hatte.

Er war nicht stolz – im Gegenteil, eher demütig und bescheiden.

Und was er für Lorna empfand, hatte nichts mit Begierde zu tun, denn die Begierde war das Verlangen nach etwas, was einem anderen gehörte, und Lorna gehörte niemandem.

Es war auch nicht die Wollust, die ihn zu ihr getrieben hatte – dazu waren seine Gefühle ihr gegenüber viel zu zart und liebevoll, vor allem das Gefühl, sie beschützen zu müssen – und die übrigen Todsünden paßten noch weniger zu ihm und zu seiner Tat.

Aber was war dann die treibende Kraft gewesen?

Nach dem Gebot der Ehe gehörte er zu Beatrice, doch er wünschte, zu Lorna zu gehören; war das vielleicht eine verdrehte, verschleierte Form von Begierde? Er schüttelte den Kopf. Nein, das ist alles zu weit hergeholt, dachte er. Abwegig und kaum überzeugend.

Er näherte sich dem Kreisverkehr am Ende der Schnellstraße, als ihm plötzlich einfiel, was geschehen würde, wenn nun doch alles schiefging. Er dachte daran, wie er sich im Gefängnis fühlen würde, wenn man ihn zu lebenslänglicher Haftstrafe verurteilte – wenn er den Rest seines Lebens hinter verschlossenen Türen in einer kleinen Zelle verbringen mußte.

Eingesperrt, in einer kleinen Zelle, Tag und Nacht. Die Wände drohten ihn zu erdrücken, die Decke kam auf ihn zu, näher und näher, und er konnte an die Tür hämmern, bis die Haut an seinen Händen in Fetzen war, er konnte schreien, so lange er wollte, es würde ihm nichts nützen. Und wenn abends das Licht ausgeschaltet wurde, lag er im Dunkeln da, im Stockdunkeln, und er wußte, daß er in Wirklichkeit gar nicht im Gefängnis war.

Nein, er war lebendig begraben.

Er lag in seinem Sarg, tief unter der Erde, und mußte langsam und qualvoll ersticken, in der Dunkelheit, der Einsamkeit, dem Schweigen, das unter der Erde herrschte. Niemand würde ihn befreien, niemand würde ihn hören, man würde ihn für tot halten, keiner würde ahnen, daß der Arzt sich geirrt hatte, daß er sich nur in einem Zustand von Katalepsie befunden hatte. Er würde fühlen, wie man ihn in das Totenhemd kleidete, würde hören, wie der Sarg über ihm geschlossen wurde, wie die Erde gnadenlos auf den Sarg polterte, mehr, immer mehr Erde, bis die Geräusche gedämpfter zu ihm herunterdrangen und bis zuletzt nur noch das Schweigen, die absolute Stille übrigblieb.

Er begann am ganzen Leib zu zittern, kämpfte gegen die altbekannte, schreckliche Angst, und seine Hände wurden feucht.

Er war kurz vor dem Kreisverkehr, als die kleine, schwarze Katze, das Unglückssymbol, dicht vor seinem Wagen die Fahrbahn überquerte. Sie hatte die Ohren dicht an den Kopf gelegt, und ihr Schwanz war aufgerichtet wie der eines Eichhörnchens.

Für den Bruchteil einer Sekunde erblickte er die Augen des Kätzchens, zwei grüne Feuer im Licht seiner Scheinwerfer, dann war das Tier genau vor ihm.

Bartels brachte es nicht fertig, die Katze zu überfahren.

Hätte er Zeit gehabt zum Überlegen, wäre er vermutlich unbeirrt weitergefahren, doch er handelte instinktiv und genauso, wie man es von ihm erwarten würde.

Bartels bremste, so fest er konnte.

Wäre die Straße nicht vereist gewesen, dann hätte das wohl nichts weiter ausgemacht. Und wenn der Lastwagen, der sich von rechts näherte, ein paar Minuten früher oder später den Kreisverkehr passiert hätte, wäre die Sache wesentlich glimpflicher abgelaufen.

Als sich sein Wagen auf dem glatten Untergrund drehte und seitwärts ausbrach, dabei gegen ein Verkehrsschild prallte, hörte er das Quietschen der Bremsen des Lastwagens, sah, wie auch der andere Wagen ins Schlingern kam und mit der Schnauze gegen die Vorderfront seines eigenen Wagens prallte. Fast gleichzeitig fühlte er einen stechenden Schmerz auf der linken Seite. Erst jetzt ergriff ihn panische Angst.

Er sah, wie die dunklen Umrisse des großen Lastwagens auf ihn einstürzten, hörte den ohrenbetäubenden Krach, fühlte den stechenden Schmerz und vernahm danach im halbbewußten Zustand die lähmende Stille, die dem Lärm des Zusammenstoßes folgte.

Ehe er ganz das Bewußtsein verlor, hörte er, wie er selbst immer wieder leise einen Namen flüsterte. »Beatrice«, flüsterte er. »Beatrice.« Das überraschte ihn ein wenig.

Auszug aus einem Bericht des Kriminalinspektors Macdonald von Scotland Yard, den der Beamte mir, Peter Harding, zu einem späteren Zeitpunkt zu lesen gab:

Am 26. Februar gegen 22.40 Uhr erhielt ich einen Anruf, in dem mir mitgeteilt wurde, daß eine gewisse Beatrice Bartels, verheiratet, wohnhaft Alvington Court 34, W. 8, Gefahr lief, eine Dosis einer mit giftiger Substanz versetzten Droge einzunehmen, oder daß sie dieses Gift bereits eingenommen hatte. Die giftige Substanz ist unter dem Namen Altrapein bekannt. Ich fuhr zu der genannten Adresse, begleitet von Sergeant Wellings vom zuständigen Revier, und beobachtete, daß hinter einem Fenster der fraglichen Wohnung Licht brannte.

Ich läutete und klopfte an die Tür, aber niemand öffnete.

Im Hinblick auf die telefonische Warnung erteilte ich dem Sergeanten den Befehl, gewaltsam in die genannte Wohnung einzudringen. Dies geschah dadurch, daß der Sergeant die Glasscheibe der Wohnungstür eindrückte und danach die Tür von innen öffnete.

Eine Durchsuchung der Wohnung ergab, daß sich niemand dort aufhielt.

Um 22.55 Uhr betrat eine Frau, die sich danach als Mrs. Bartels zu erkennen gab, die Wohnung, erklärte, sie sei im Kino gewesen und habe das Licht brennen lassen, um eventuelle Einbrecher abzuschrecken.

Ich sagte zu ihr: ›Ein Mann namens Philip Bartels, der sich als Ihr Gatte ausgibt, erlitt einen Verkehrsunfall und liegt schwerverletzt im Richmond Hospital. Dieser Mann hat uns benachrichtigt und angegeben, daß sich in der Medizin, welche Sie vor dem Zubettgehen einzunehmen pflegen, eine giftige Substanz namens Altrapein befindet. Er hat uns gebeten, die nötigen Schritte einzuleiten.‹

Mrs. Bartels erwiderte: ›Das muß ein Irrtum sein. Ich verstehe nicht, was Sie damit sagen wollen.‹

Ich fragte sie: ›Hatten Sie tatsächlich die Absicht, vor dem Zubettgehen eine Arznei einzunehmen?‹

Sie antwortete: ›Ja.‹

Ich fragte sie, wo sich diese Arznei befinde, und sie erklärte: ›Auf dem Nachttischchen an meinem Bett.‹

Ich ging mit ihr ins Schlafzimmer, und auf dem besagten Nachttisch entdeckte ich tatsächlich ein Fläschchen mit einer geringen Menge eines weißen Pulvers. Ich erklärte Mrs. Bartels, daß es notwendig sei, das Fläschchen und dessen Inhalt einer gerichtsmedizinischen Analyse zu unterwerfen, und sie fragte: ›Ist das denn wirklich nötig?‹

Ich bestätigte ihr die Notwendigkeit meines Vorgehens, und sie gab mir keine Antwort. Dann fragte ich Mrs. Bartels, ob sie den Wunsch habe, ihren Mann im Hinblick auf seinen schlechten Zustand noch in der Nacht im Krankenhaus zu besuchen, und sie erwiderte: ›Vielleicht später. Jetzt nicht.‹ Sie befand sich in einem zerrütteten nervlichen Zustand.

Ich ließ den Sergeanten bei Mrs. Bartels zurück und kehrte auf das zuständige Revier zurück, wo ich im Hinblick auf das bereits mündlich abgelegte Geständnis des Gatten Philip Bartels dem Revierleiter den Auftrag gab, ständig einen Kriminalbeamten am Bett des Verunglückten Wache halten zu lassen, für den Fall, daß der Verunglückte die Absicht habe, weitere Erklärungen abzugeben oder ein schriftliches Protokoll zu unterzeichnen.

Bartels war während der folgenden Nacht bewußtlos, doch am Morgen des 27. Februar gegen 6.30 Uhr erlangte er das Bewußtsein und legte das diesem Bericht beigefügte Geständnis ab, war jedoch nicht in der körperlichen Verfassung, es zu unterzeichnen.

Soweit war gegen den Bericht des Kriminalinspektors nichts einzuwenden. Doch das, was noch folgte, war ungenau und sogar fehlerhaft, vor allem im Hinblick auf eine gewisse, darin beschriebene Tatsache. Ich habe bereits zu Beginn meines eigenen Berichts erklärt, daß noch eine zweite Person glaubte, den Fall in allen Einzelheiten zu durchschauen, obwohl diese sich zumindest in einem Punkt gewaltig täuschte. Das war Inspektor Macdonald, der dachte, der Fall sei klar, und er könne ihn aufgrund von Bartels' Geständnis abschließen und zu den Akten legen.

Er irrte sich, aber ich hatte keine Veranlassung, ihn über seinen Irrtum aufzuklären.

17

Jetzt war das letzte Licht des Tages verloschen, doch jenseits des Schlosses hing ein runder Herbstmond über dem Horizont, riesig und golden, und seine Strahlen warfen Muster auf den Pfad, der durch den Wald führte, den schweigenden Wald, den ich in meiner Jugendzeit durchwandert, wo ich geliebt und gelacht hatte.

Jetzt wollte ich nicht mehr allein bleiben.

Ich sehnte mich nach menschlicher Gesellschaft, nach Licht, nach Stimmen, vielleicht auch nach einem Schluck Alkohol. Nicht nach Wein, mit seiner weichen, mildernden Wirkung, sondern nach einem härteren Getränk, das imstande war, die Gänsehaut eines Mannes zu bekämpfen, der allein war in der Einsamkeit des Waldes, mit Gedanken wie den meinen, allein, als die Schatten und die Bäume zu Gestalten wurden. Gestalten, die weniger an Menschen als an Dinge erinnerten, denen man nur schwer einen Namen geben kann.

Oder um es ehrlich zu sagen: Ich scheute mich davor, das Ende der Affäre berichten zu müssen. Ich wollte, ich könnte es bei dem Bericht des Inspektors belassen. Aber zugleich möchte ich die ganze Wahrheit schildern, nicht nur einen Teil dieser Wahrheit.

Bis zu diesem Punkt konnte ich sagen, daß ich mich keineswegs mehr schuldig gemacht hatte als Bartels. Bartels hatte Beatrice hintergangen, und ich hatte ihn betrogen. Ich hatte Erfolg mit meinem Betrug, während er mit dem seinen scheiterte – wie immer in seinem Leben.

Ja, ich könnte sogar einwenden, daß ohne mein Eingreifen Lorna bei ihrem Entschluß geblieben wäre, Bartels zu heiraten. Dann wäre Beatrice gestorben, wie geplant, und es ist nicht auszuschließen, daß man Bartels überführt und gehängt hätte.

18

Wäre Bartels ein Mensch mit starker, persönlicher Ausstrahlung gewesen, dann hätte ich mich vermutlich ganz anders verhalten, doch er sah so unbeschreiblich rührend und pathetisch aus in seinem Krankenhausbett, mit diesem riesigen, gesunden Kriminalbeamten in Zivil, der sich daneben postiert hatte. Man hatte das Bett ein Stück von der Wand abgerückt, so daß sich der Kriminalbeamte diskret außerhalb seines Gesichtskreises niederlassen konnte.

Obendrein hatte man rings um sein Bett einen weißen Paravent aufgestellt, und da lag er nun, den Kopf, den Oberkörper und den linken Arm in dicke, weiße Bandagen gehüllt.

Er hatte, wie man mir berichtete, einen Schädelbasisbruch, zwei Rippenbrüche und schwere Hautabschürfungen am Gesicht und an der rechten Körperhälfte erlitten. Außerdem war der linke Oberarm gebrochen.

Es bestand immer noch die Gefahr einer Gehirnblutung, und man könnte erst in ein paar Tagen sagen, ob er durchkommen würde.

»Normalerweise dürfte er keine Besuche empfangen«, sagte die Stationsschwester mit ihrer kalten, scheppernden Stimme, »aber er war nicht zu beruhigen und wollte unbedingt mit Ihnen sprechen.« Sie betrachtete mich sehr mißbilligend und fügte hinzu: »Sie dürfen keinesfalls länger als ein paar Minuten bleiben.«

Ich nickte und ging hinein in die Intensivstation, zu seinem Bett.

Als ich meine Hand auf die seine legte, öffnete er die Augen und lächelte mich mit seinen breiten, dünnen Lippen schüchtern an.

»Eine schöne Bescherung«, flüsterte er, und ich sah, wie sich der Kriminalbeamte vorbeugte, das Notizbuch gezückt, und auf Bartels' Worte lauschte.

»Das wird schon wieder«, sagte ich. »Laß dir Zeit. Danach können wir sehen, wie wir wieder alles ins reine bringen.«

»Da ist sehr viel, was ins reine gebracht werden muß.«

Seine Brille war bei dem Aufprall zerbrochen, und er blinzelte mich aus seinen kurzsichtigen Augen an. Da mir nichts Besseres einfiel, sagte ich noch einmal: »Das wird schon wieder, Barty.«

Er schloß für ein paar Sekunden die Augen, und ich fragte mich, ob er eingeschlafen war. Doch nach einiger Zeit machte er die Augen, offenbar unter großer Anstrengung, wieder auf, und sagte:

»Ich frage mich, ob Beatrice es verstehen wird. Aber ich glaube nicht. Arme Beatrice.«

Ich suchte verzweifelt nach irgend etwas, womit ich seine Gedanken von Beatrice ablenken konnte.

»Ich fürchte, dein Auto hat nur noch Schrottwert«, sagte ich dümmlich.

Er lächelte schwach. »Mit mir ist es nicht viel anders.«

»Du kommst schon wieder zurecht.«

Er schloß wieder die Augen; seine Gedanken kehrten zu Beatrice zurück, und als er danach wieder zu sprechen begann, war seine Stimme so leise, daß ich mich ebenso wie der Kriminalbeamte nach vorn beugen mußte, um ihn überhaupt zu verstehen.

»Sag ihr, versuch ihr zu erklären, daß ich es nur aus Mitleid getan habe. Ich wollte sie nicht leiden sehen, verstehst du?« Er seufzte und fügte hinzu: »Mitleid. Es ist nicht gut, wenn man zuviel Mitleid hat. Besser, man macht sich nicht so viel Gedenken. Das ist normal. Wie du.«

»Ich werde es ihr erklären«, antwortete ich. »Ich bringe es ihr schon bei, Barty. Sie ist doch eine intelligente Frau.«

Er nickte. »Eine sehr intelligente Frau, Pete. Sag es ihr.«

Danach schwieg er eine volle Minute lang, dann seufzte er wieder und fügte hinzu: »Aber ich fürchte, sie wird es nicht verstehen. Es ist auch zuviel verlangt.«

Ich sah, wie der Kriminalbeamte etwas in sein Notizbuch kritzelte.

Eine Krankenschwester steckte den Kopf durch den Paravent und machte mir ein Zeichen, daß ich verschwinden solle. Ich faßte wieder Bartels' Hand.

»Ich muß gehen, Barty. Du brauchst viel Ruhe.«

Jetzt öffnete er plötzlich die Augen ganz weit und starrte mich an.

Zu meinem tiefsten Entsetzen erkannte ich, daß in ihnen panische Angst zu lesen war, und daß ihm nun das Blut ins Gesicht stieg. Ich hatte diesen Ausdruck schon früher an ihm erlebt.

Es war der gleiche Blick wie damals, als man ihm beim Picknick die Decke über den Kopf gezogen hatte, der Blick, den Mary, die Amerikanerin, gesehen haben mußte, als wir die beiden in ein Schlafzimmer gesperrt hatten, der gleiche, herzzerreißende Ausdruck des Entsetzens, den ich an ihm erkannt hatte, als wir ihn in längstvergangener Schulzeit während des Gesangsunterrichts in den Sprungkasten gesteckt hatten.

Aber daran dachte ich gar nicht in diesem Augenblick. Ich sah nur seine Angst, diese panische, quälende Angst, und wußte nicht, wodurch sie hervorgerufen wurde, obgleich ich es natürlich ahnte. Ich nahm nicht an, daß er Angst vor dem Tode hatte, und ich täuschte mich nicht. Ich verstärkte den Druck meiner Hand.

»Was ist denn, Barty?« fragte ich ihn.

»Geschlossene Türen«, flüsterte er.

Ich schaute mich um. Es gab keine geschlossenen Türen, so weit ich sehen konnte. Das Bett stand in dem großen nach außen zum Gang hin offenen Raum der Intensivstation, es war nur durch den weißen Paravent vom übrigen Raum abgetrennt.

»Sie werden mich nicht verstehen«, murmelte er.

»Wer wird dich nicht verstehen?«

Er schüttelte den Kopf, während die Angst seine Augen zu verbrennen schien, und ich fühlte, wie auf seiner Handfläche der Schweiß ausbrach.

»Sie werden mich ins Gefängnis stecken, Pete.«

Ich sah, wie der Kriminalbeamte immer noch in seinem Notizbuch kritzelte, jetzt sogar mit verstärkter Energie.

»Hinter verschlossenen Türen, und ohne ein Licht während der Nacht. Das kann ich nicht ertragen, Pete. Lieber möchte ich sterben, als das ertragen zu müssen.«

Ich sah, wie sich der Kriminalbeamte näher beugte, um nur ja kein Wort zu überhören. Und ich fühlte, wie sich Bartels' Hand unter der meinen verkrampfte, wie sie sich in das Bettlaken verkrallte. Ich schaute Bartels an und fragte mich, was ich ihm darauf erwidern konnte.

Während ich noch nach Trostworten suchte, hörte ich, wie er leise sagte, ich solle mich näher zu ihm beugen. Ich näherte mein Ohr seinem Mund, und er sagte: »Noch näher, Pete.«

Aus den Augenwinkeln bemerkte ich, wie sich der Kriminalbeamte ebenfalls noch näher zum Bett herüberbeugte. Aber Bartels sagte nur fünf Worte.

»Altrapein, Pete, Bitte. Bitte, Pete.«

Ich hob den Kopf, und mein Blick traf sich mit dem des Kriminalbeamten. Ich sah, wie sich auf seinen Lippen eine Frage bildete.

»Gut«, erwiderte ich mit lauter, normaler Stimme. »Gut. Ich werde tun, was ich kann.«

Ganz allmählich wich der Ausdruck der Angst aus Bartels' Gesicht. Jetzt wirkten seine Augen nur noch abgestumpft und traurig. Ich stand auf und nahm meinen Hut.

»Morgen?« flüsterte Bartels.

»Ich komme morgen wieder vorbei, wenn du dich gut genug fühlst«, erwiderte ich in dem wohlgemuten Ton, den man Kranken gegenüber anschlägt. »Jetzt mußt du erst eine Weile ruhen, Barty.«

Ich verließ den mit dem weißen Paravent abgeschirmten Raum und trat hinaus, war schon auf dem Korridor, der zum Stationszimmer führte, als ich Schritte hinter mir vernahm und fühlte, wie eine Hand meinen Arm berührte. Ich schaute mich um und sah, daß mir der Kriminalbeamte gefolgt war.

»Kann ich draußen ein paar Worte mit Ihnen sprechen, Sir?«

»Wenn Sie wollen, bitte.«

Wir gingen durch die Flügeltür und blieben auf dem Gang vor der Intensivstation stehen.

»Ich muß Sie fragen, was er Ihnen zuletzt gesagt hat, Sir.«

Er stand jetzt vor mir, groß und kräftig, mit gesundem Teint. Sein Haar war sehr kurz geschnitten; seine braunen Augen waren wach und ruhelos. Die Augen eines Menschen, der es gewohnt ist, die Gesichter seiner Mitmenschen auf deren Reaktion hin zu prüfen. Kein ausgesprochen feindseliger Blick, aber ebensowenig sympathisch oder gar freundlich.

Ich mußte an Bartels' Augen denken, diese Augen voll namenlosen Entsetzens. Und ich dachte an die vielen anderen Augen, die Bartels in den kommenden Jahren betrachten würden. Die Augen der Kriminalbeamten, der Krankenschwestern, der Zeitungsreporter beim Prozeß, wieder die Augen von Schwestern, von Pflegern, von Gefängniswärtern, die Augen der Mitgefangenen. Ich sah ihn vor mir, wie er in seiner Zelle saß, zitternd vor panischer Angst, eine Angst, die bis an das Ende seines Lebens dauern würde.

Ich glaube, in diesem Augenblick hatte ich mich entschieden, ihm zu helfen, seinem Wunsch nachzukommen.

»Es hatte nichts mit Ihren Ermittlungen zu tun«, antwortete ich und tat so, als wollte ich an ihm vorbeigehen, doch er blieb stehen und versperrte mir den Weg.

»Ich verstehe, Sir.« Er fummelte mit dem abgekauten Ende seines Bleistifts an seinen Zähnen herum. Und er machte keine Anstalten, mir den Weg freizugeben.

»Nun?« fragte ich ein wenig ungehalten.

»In diesem Fall dürften Sie ja wohl nichts dagegen haben, es mir zu sagen, Sir.«

Wieder war mir bewußt, wie er mich mit seinen durchdringenden Augen prüfend musterte, ungläubig und unnachgiebig. Auf solche Sturheit pflege ich meist sehr brüsk zu reagieren.

»Sie werden es nicht glauben, aber ich habe etwas dagegen«, erwiderte ich in ungeduldigem Ton.

»Darf ich fragen, warum, Sir?« Polizeibeamte führen ständig das Wort ›Sir‹ im Munde, obwohl es gar nichts zu bedeuten hat.

»Aus persönlichen Gründen.« Ich sah, wie er seinen harten Mund verkniff.

»Es gibt ein Gesetz gegen die Behinderung eines Polizeibeamten bei der Amtsausübung«, erklärte er.

Ich lachte über diesen billigen Bluff und sah, wie seine Augen zuckten.

»Wer behindert eigentlich wen in diesem Augenblick?«

Er ignorierte meine Frage.

»Ich darf also daraus schließen, daß Sie sich weigern, mir zu berichten, was Ihnen der in Untersuchungshaft befindliche Mann zuletzt sagte, Sir!«

Wir schauten einander volle zehn Sekunden an, Auge in Auge, und schwiegen. Zuletzt seufzte ich.

»Na schön, wenn Sie es unbedingt wissen wollen.«

»Es wäre uns eine große Hilfe, Sir.«

»Das bezweifle ich.«

Sein Gesicht entspannte sich. Ich konnte seine Gedanken erraten, als wenn er sie laut ausgesprochen hätte: Härte, dachte er, darauf kommt es an. Auf Härte und Hartnäckigkeit. Damit knackt man auch die stärksten Nüsse.

»Er bat mich, für ihn zu beten«, sagte ich. »Er bat mich, in eine Kirche zu gehen und für ihn zu beten.«

*

Ich ging in meine Dunkelkammer, starrte auf die Reihen von Chemikalien in den Flaschen und Ballons, auf die Flasche mit dem Altrapein. Natürlich wußte ich zu diesem Zeitpunkt noch nicht viel über den Fall, außer daß man Beatrice eine hochgiftige Substanz in ihr Medizinfläschchen gegeben hatte, und daß Bartels laut eigener Aussage dafür verantwortlich war. Soviel hatte mir Kriminalinspektor Macdonald von Scotland Yard mitgeteilt, wobei er sich so vage ausdrückte, wie das die Polizei zu tun pflegt, wenn sie nicht weiß, ob sie dem Gesprächspartner trauen kann.

Jetzt ahnte ich, um was für ein Gift es sich dabei gehandelt haben mußte. Später, als ich mit dem Inspektor vertrauter geworden war, und als er mir Bartels Geständnis zu lesen gegeben hatte, erfuhr ich, wie und wo Bartels es sich besorgt hatte.

Es war acht Uhr morgens gewesen, als mich der Inspektor das erste Mal besuchte. Nachdem er Beatrices Aussagen zu Protokoll genommen hatte, war er anschließend gleich zu mir gefahren. Er hatte Beatrice nach den Namen von Bartels' Freunden ausgehorcht, und meiner stand an erster Stelle seiner Liste.

Ich berichtete ihm ziemlich viel über Philip Bartels, erwähnte aber Lorna Dickson mit keinem Wort. Ich nahm an, auch Bartels hatte versucht, sie aus der Affäre herauszuhalten. Und ich sah keinen Grund, weshalb ich von ihr sprechen sollte. Schließlich war Beatrice nicht gestorben. Die Gesellschaft hatte keinen Anlaß, sich für einen Mord zu rächen, der nicht begangen wurde, und sie brauchte auch nicht zu erfahren, welche Rolle Lorna dabei spielte.

Vielleicht war das nicht ganz korrekt, aber ich war zu diesem Zeitpunkt davon überzeugt, das Richtige zu tun.

Ich merkte, wie der Kriminalinspektor versuchte, seine Fragen in Richtung auf eine eventuelle Liaison, einer Geliebten im Leben von Philip Bartels zu lenken, und ich bewunderte aufrichtig die meisterhafte Technik, mit der er das probierte.

Zuerst fragte er ganz harmlos, ob mir noch irgendwelche Freunde Bartels bekannt seien, die Licht in die Angelegenheit bringen konnten. Ich antwortete ihm, daß ich nicht glaubte, es gebe solche Freunde in Bartels' Bekanntenkreis.

Dann erklärte er, es gebe doch zweifellos das eine oder andere gebrochene Herz in den Gebieten, die Bartels bereiste, und als ich ihn daraufhin überrascht anschaute und so tat, als würde ich ihn nicht verstehen, erklärte er schlau: »Nun, Sie wissen doch, was man über Handelsreisende zu sagen pflegt, Sir. Ich wäre der letzte, der über ein kleines erotisches Erlebnis hier und da die Nase rümpfen würde.«

Als er auch damit kein Glück hatte, fragte er geradeheraus, ob Bartels irgendwelche Seitensprünge gemacht habe.

»Nicht, daß ich wüßte«, entgegnete ich und schaute ihm dabei in die Augen. »Ich kann es mir auch kaum vorstellen. Ich war immer der Ansicht, daß er seine Frau aufrichtig liebte.«

Jetzt, nach dem Besuch im Krankenhaus, stand ich also in meiner Dunkelkammer, betrachtete die Flasche mit Altrapein und überlegte mir, wie Bartels' Plan wohl in Wirklichkeit ausgesehen hatte. Obwohl inzwischen bereits einige Stunden vergangen waren, fühlte ich mich immer noch wie betäubt von dem Schock, den die Nachricht bei mir ausgelöst hatte. Noch konnte ich keinen Sinn hinter all den Ereignissen erkennen, denn ich hatte mir noch keine Gedanken über Bartels' fatale Schwäche gemacht, die schließlich zu seinem Zusammenbruch führte.

Ich sah einen freundlichen, gütigen Menschen vor mir, der einen skrupellosen, teuflischen Mordplan ausgeheckt hatte – und dieser Gegensatz versetzte mich in tiefste Verzweiflung.

Erst später kam ich darauf, daß es im Grunde gar kein Gegensatz war, und daß auch dieser schreckliche Plan letzten Endes seiner Güte, seinem Mitleid und seiner Humanität entsprang, die Bartels am Ende zerstört hatte. Ohne diese drei Tugenden, ohne ihre unausgeglichene Wirkung auf ein allzu gefühlvolles, zartes Gemüt wäre es zweifellos nicht zu diesem Mordversuch gekommen.

Und zu dem Zeitpunkt kam er mir obendrein völlig überflüssig und sinnlos vor.

Ich sah einfach nicht ein, weshalb er sich nicht von Beatrice scheiden ließ; Menschen, die wie ich im Hotelgeschäft tätig sind, neigen dazu, die Scheidung als vielleicht unerfreuliche, aber doch keineswegs ungewöhnliche Erscheinung zu betrachten.

Aber ich hatte noch keine Zeit gehabt, einen Blick zurück in die Vergangenheit zu werfen und zu erkennen, wie das Fehlen von Liebe in seiner Jugend dazu geführt hatte, daß er sich später mit solcher Gier nach Liebe sehnte, und daß er sogar bereit war, um dieser Liebe willen, einen Mord zu begehen.

Nach einiger Zeit verließ ich die Dunkelkammer wieder, ohne die Flasche mit dem Gift mitzunehmen. Ich fuhr geradewegs in eine öffentliche Bibliothek und informierte mich in den medizinischen Schriften über die Wirkung von Altrapein.

Dabei kam ich zu derselben Erkenntnis wie Bartels, fuhr zurück in meine Wohnung, bereitete mir eine Kanne Kaffee und nahm sie mit hinüber in mein Wohnzimmer.

Ich trank drei Tassen Kaffee, schwarz und sehr süß, eine nach der anderen, trank sehr langsam und bedächtig und versuchte, gewisse Bilder aus meiner Erinnerung zu verbannen, doch am Ende der dritten Tasse war mir klargeworden, daß es mir niemals gelingen würde.

Ich konnte die wilde, panische Angst nicht mehr vergessen, die ich in Bartels Augen erblickt hatte, wie er so jämmerlich vor mir in seinem Krankenhausbett lag, mit dem rotgesichtigen Kriminalbeamten an seiner Seite: den Vogel in den Maschen der Justiz, der sich nicht mehr die Mühe machte, seine Gefühle zu verbergen, der seine Todesangst hinausschrie, gegen das Netz prallte, hoffnungslos und bar jeder menschlichen Würde, jeglichen Stolzes.

Was mußten das für namenlose Ängste sein, die kein normaler Mensch begreifen würde, und die einen Mann wie Bartels völlig seiner Selbstachtung beraubten, die seine Augen hervortreten ließ, die dazu führte, daß sich seine Hand wie im Starrkrampf in die Bettdecke krallte!

Ich, der ich von der Natur mit einem wesentlich gleichmütigeren Charakter ausgestattet bin und in meinem Leben nur selten Angstgefühle verspürte, versuchte vergebens, mir diese panische Furcht vorzustellen.

Aber ich wußte, daß es diese Angst geben mußte, denn ich hatte sie gesehen: in Philip Bartels' Augen. Ich hatte den gleichen Blick auf dem Gesicht eines tödlich verwundeten Soldaten wahrgenommen, ehe der Feldarzt kam und ihm eine gnädige Dosis Morphium verabreichte.

Doch für Bartels würde es keine solche Linderung geben.

Nein, es gab keine Gnade für Bartels, nur die endlosen Ozeane von Angst und Panik, die langen Jahre und düsteren, grauen Gefängnismauern, und das Bewußtsein, Lorna Dickson verloren zu haben, die unerträgliche Last zu wissen, daß er auf allen Gebieten ein kläglicher Versager geblieben war.

Ich zündete mir eine Zigarette an und überlegte die praktische Seite der Angelegenheit. Ich sagte mir, daß Bartels ein Narr war, und daß ich selbst noch viel törichter wäre, wenn ich um seinetwillen das Risiko einer schweren Strafe auf mich nehmen würde.

Dennoch holte ich gleich danach die Flasche mit dem Altrapein aus meiner Dunkelkammer und überlegte mir, wie ich vorgehen konnte. Es war einfach genug.

Ich ging am kommenden Tag erst nachmittags ins Krankenhaus, als die Dämmerung bereits einsetzte. Die Stationsschwester berichtete, daß Bartels eine ruhelose Nacht hinter sich habe, doch wenn sich nicht ein unerwarteter Rückschlag einstelle, sei mit seiner baldigen Genesung zu rechnen.

Wieder war der rotgesichtige Kriminalbeamte auf dem Posten, und er begrüßte mich mit einem kurzen Kopfnicken. Ich wußte, daß dieser Mann mein Gegner war, und daß ich vor ihm auf der Hut sein mußte, aber ich war kaltblütig genug und hielt bereits jetzt das kleine, flache Papiertütchen in der Linken, das an einer Seite offen war, so daß ich im entscheidenden Augenblick seinen Inhalt ausschütten konnte.

Ich hätte gern berichtet, daß mein letztes Gespräch mit Philip Bartels vor geheimer Dramatik knisterte, einer Dramatik, die der Kriminalbeamte mit seinem Trenchcoat und seinem schrecklichen Notizbuch nicht wahrnahm, hätte gern von einer verschlüsselten, bedeutsamen Unterhaltung zwischen mir und Bartels erzählt.

Doch von alledem konnte nicht die Rede sein.

Ich setzte mich an sein Bett, auf einen unbequemen Stuhl.

»Wie geht es dir heute?« fragte ich.

Er nickte und lächelte. »Es könnte schlechter sein.«

»Brauchst du irgend etwas, Barty? Vielleicht etwas Obst? Darfst du Obst essen?«

»Noch nicht«, murmelte er. »Nein, kein Obst.«

»Wirst du gut versorgt?«

»Sehr gut«, murmelte er.

»Es ist immer noch bitter kalt draußen«, sagte ich.

Er nickte. »Und Beatrice?« fragte er dann leise.

»Ich habe noch nicht mit ihr gesprochen. Ihre Mutter ist da und kümmert sich um sie.«

»Haben es die anderen schon erfahren?«

»Niemand«, entgegnete ich. »Kein Mensch weiß etwas davon, außer Beatrice, ihrer Familie und mir.«

Er schien zufrieden und schloß wieder eine Weile die Augen. Der Kriminalbeamte legte sein Notizbuch auf die Knie und entspannte sich. Ein Windstoß rüttelte an den Fenstern, und Bartels öffnete die Augen.

Er sagte nichts, aber er sah mir ins Gesicht. Der Kriminalbeamte war gelangweilt, nun, da die Unterhaltung ins Stocken gekommen war, und zupfte an einem losen Knopf seines Trenchcoats.

Ich mußte zunächst feststellen, ob Bartels vielleicht seine Meinung geändert hatte, und hob fragend die Augenbrauen. Ich zweifelte daran, ob Bartels wegen seiner Kurzsichtigkeit diese schweigende Frage verstand, aber dann lächelte er versonnen und nickte zweimal, ruhig und sehr entschieden. Er sah jetzt fast glücklich und zufrieden aus, wie ein Kind, das man nach langem Jammern und Protestieren endlich in sein Bett gebracht hat, wo es sich in der Wärme und Geborgenheit wohl fühlt. Er sah sogar glücklicher aus als in den letzten Monaten. Es schien, als seien alle seine Probleme einer Lösung nahe. Da er keine Zukunft mehr vor sich hatte, brauchte er sich keine Sorgen mehr zu machen.

Er hob die Hand an die Stirn, dann ließ er sie wie zufällig wieder sinken, wobei sein Zeigefinger, ebenfalls wie zufällig, auf den Plastikbecher mit Wasser deutete.

Jetzt fühlte ich, wie eine wachsende Spannung von mir Besitz ergriff. Ich wußte, daß Bartels den ersten Zug machen würde, und daß ich bereit sein mußte, entsprechend darauf zu reagieren.

Es traf mich dennoch überraschend und unerwartet.

»Pete?«

»Ja«, sagte ich und bemerkte, wie der Kriminalbeamte plötzlich aufhorchte.

»Kannst du mir einen Schluck Wasser bringen?«

Ich stand auf und nahm den Plastikbecher. Er war noch halbvoll, und, obwohl das Licht im Raum gedämpft war, schloß ich vorsichtshalber meine Hand um den unteren Teil des Bechers, damit man den Wasserspiegel nicht durch das dünne Metall scheinen sah.

Ich ging zum Waschbecken, ließ das Wasser ein paar Sekunden lang laufen, wobei ich meine Linke über den Hahn hielt. Dann füllte ich etwas Wasser in den Becher und bewegte gleichzeitig die linke Hand, so daß das weiße Pulver aus dem Tütchen in den Becher rutschte.

Danach drehte ich den Hahn zu und ging zurück zum Bett.

»Willst du wirklich einen Schluck Wasser trinken, Barty?«

Er nickte. »Ja, gern. Es tut mir leid, daß ich dir solche Mühe mache«, fügte er hinzu. Dann streckte er die Hand nach dem Becher aus, aber ich schüttelte den Kopf.

»Laß ihn mich halten«, sagte ich. Ich hob Bartels' Kopf mit der Linken an und setzte den Becher an seine Lippen. Zugleich hörte ich, wie der Kriminalbeamte etwas sagte. Ich hörte es trotz des lauten Pochens meines Herzens, trotz des Dröhnens in meinen Ohren. Er erklärte, Bartels dürfe nicht so viel Wasser trinken.

Bartels leerte den Becher.

Ich sagte: »Ich fülle ihn dir noch einmal, für den Fall, daß du später wieder Durst bekommst.« Ich wusch den Becher sorgfältig aus, zweimal hintereinander, füllte ihn zur Hälfte mit Wasser und stellte ihn wieder auf das Tischchen neben das Bett.

»Sie hätten ihn nicht soviel Wasser trinken lassen sollen«, erklärte der Kriminalbeamte ärgerlich.

»Nein« antwortete ich. »Nein, vielleicht war das ein Fehler.«

Bartels schaute zu mir hoch. »Ich glaube, du solltest jetzt wieder gehen, Pete. Ich bin müde. Ich glaube, ich werde sehr gut schlafen.«

Ich stand auf und schaute zu ihm hinunter.

»Also dann, leb' wohl, Barty. Und viel Glück.«

Er sagte nichts mehr; seine Augen waren geschlossen.

»Besuche ermüden ihn nur«, erklärte der Kriminalbeamte, zog einen Groschenroman aus der Tasche seines Trenchcoats und begann zu lesen. Ich zweifle daran, daß er überhaupt gemerkt hat, wie Bartels starb.

Erst hörte ich deutlich, wie sich das Auto der Amerikaner auf der Straße von Orléans nach Blois näherte, dann wurde das Geräusch leiser, als der Wagen die Fahrt verlangsamte und in die Pappelallee einbog, schließlich wieder lauter, als er die Auffahrt zum Château heraufkam.

Ich konnte den Wagen nicht sehen, weil das Schloß zwischen mir und der Auffahrt lag, aber ich sah das Licht der Scheinwerfer auf den Bäumen seitlich des Schlosses. Kurz danach lag wieder nur das sanfte Mondlicht auf den Wiesen und Wäldern.

Ich ging leise über den Weg, der seitwärts am Schloß vorbeiführte, dort, wo früher die Tennisplätze gewesen waren. Hinter mir hörte ich Männer sprechen, hörte das Lachen einer Frau. Ich ging schneller, und einmal, als sich etwas im Unterholz neben dem Pfad bewegte, lief mir wieder die Gänsehaut über den Rücken.

Nein, jetzt hatte ich genug von dem Château, und ich wußte auch, daß ich nie wieder hierher zurückkommen würde. Ich hatte gehofft, daß es für mich nichts als die süßen Erinnerungen an glückliche Jugendtage bereithalten würde, daß ich mich hier in Gedanken noch einmal mit Bartels, mit Beatrice, Ingrid und all den anderen treffen würde, wie wir uns damals, in jener längst vergangenen Zeit, getroffen hatten.

Doch es war alles ganz anders gekommen.

Angst verdarb die Freude, und Reue und bittere Vorwürfe streckten ihre langen, starken Finger aus und verwischten die glücklichen Bilder. Ich fürchte, es ist immer ein Risiko, einen altvertrauten Ort nach langen Jahren wieder zu besuchen. Es ist ein Irrtum zu glauben, man könnte das Entzücken von damals noch einmal lebendig werden lassen . . .

Überdies blieb noch eine letzte, bittere Frage offen.

Ich dachte daran, als ich mich am Rand der Auffahrt entlang zu meinem Wagen schlich.

Ich dachte daran, während ich zurückfuhr nach Orléans, und auch später, als man mich fragte, ob ich meine ›sentimentale Reise‹ genossen hätte.

Natürlich bejahte ich die Frage, obwohl noch immer dieser Zweifel an mir nagte, und die anderen lachten nachsichtig. Nur Lorna, die geliebte Lorna, Lorna, meine Frau, lachte nicht, zeigte nicht einmal die Andeutung eines Lächelns; sie war es, die mir von diesem Besuch abgeraten hatte.

Nein, es war gar kein Zweifel, keine Frage – es war ein letzter, schmerzhafter Stich meines Gewissens.

Es ist wahr, ich habe den Becher an Bartels' Lippen gehalten – aber während er trank, schoß mir ein Gedanke durch den Kopf, den ich vergeblich zu unterdrücken suchte.

Ich dachte: Nie mehr wird er Lorna mit diesen Lippen küssen. Sie ist jetzt in Sicherheit, darüber gibt es keinen Zweifel – sie ist mein.

Ich wollte, ich hätte diesen Gedanken verdrängen können. Aber ich bin, wie ich schon sagte, ein eher materieller, diesseitiger Typ und neige nicht sonderlich zum Grübeln, zur Selbstbetrachtung. Die Erinnerung an diesen Gedanken wird vermutlich bald verblassen.

Ich habe Lorna gewonnen; was ich gewonnen habe, werde ich behalten, und nichts, nicht einmal der Schatten von Philip Bartels wird zwischen uns stehen. Ich war immer besser als Bartels, besser in allen Lebenslagen – auch wenn es sich darum handelte, einen Mord zu begehen.

ENDE

Anmerkung des Autors:

Obwohl ein Gift, wie ich es in diesem Roman erwähnt habe, tatsächlich existiert, hielt ich es im Interesse der Allgemeinheit für angebracht, den Namen dieses Giftes zu verändern. Ich erwähne das in erster Linie deshalb, weil ich enttäuschten Ehemännern die erfolglose Suche in medizinischen Nachschlagewerken ersparen möchte.

J. B.

Goldmann rote KRIMI

Agatha Christie
Monsieur P. ist neugierig

160 Seiten. Band 4047.

Die Arbeiten des Herkules müßten wieder erstehen, denkt sich der Privatdetektiv Hercule Poirot. Ehe er sich endgültig zur Ruhe setzte, würde er zwölf Fälle übernehmen – und alle zwölf sollten in Beziehung zu den zwölf Arbeiten des antiken Herkules stehen ...

Rex Stout
Vor Mitternacht

192 Seiten. Band 4048.

Millionen von Amerikanern beteiligen sich an dem Preisausschreiben der Parfümfirma ›Pour Amour‹. Erster Preis: eine halbe Million Dollar! Nur einer kennt die Antworten auf die Preisfragen: der Erfinder des Rätselspiels. Und der wird vor der Endrunde ermordet! Privatdetektiv Nero Wolfe soll den Mörder finden.

Richard Neely
Du bist Marriott

160 Seiten. Band 4049.

Dan Marriott kann sich an nichts mehr erinnern, was vor seinem Verkehrsunfall liegt. Die hübsche Frau, die behauptet, mit ihm verheiratet zu sein – es ist ihm, als sehe er sie zum erstenmal. Aber dann tauchen Zeugen der Vergangenheit auf – Zeugen, die behaupten, seine Frau wollte ihn ermorden. Ein Toter bestärkt Marriotts Verdacht ...

WILHELM GOLDMANN VERLAG MÜNCHEN